∧ 露天啤酒座铺展开去,蔚为大观

∧ 一切都裹在热烘烘的空气里

∧ 清迈是一个避世的地方

∧ 娘惹料理成为坊间时尚

∧ 舞台虽小,但也是声光电各种手段齐全

∧ 有的组屋会把外型一致的楼房刷成不同的颜色

∧ 首尔上空的云影和春天的太阳洒在身上

∧ 啤酒炸鸡成了近年来到韩国旅行的标配

∧ 在贞洞剧场看了《赤壁》

∧ 马赛人是真正的草原之王

∧ 黑人小伙子迎出来热情邀约进去看看

∧ 这些 Kanga，大多是色彩艳丽的大图案花布

长长的渔竿从桥栏杆处伸展出去，长长的钓线没入深蓝的海水中

∧ 所有的色彩堆砌在一起。各种香料、土耳其糖果、手绘彩釉餐具、灯罩、桌布、围巾……

∧ 在强劲的海风中一路眺望海峡两岸一栋接一栋的石头大宅

∧ 整个查理大桥上下一片金黄

∧ "国王"和他的鹦鹉们

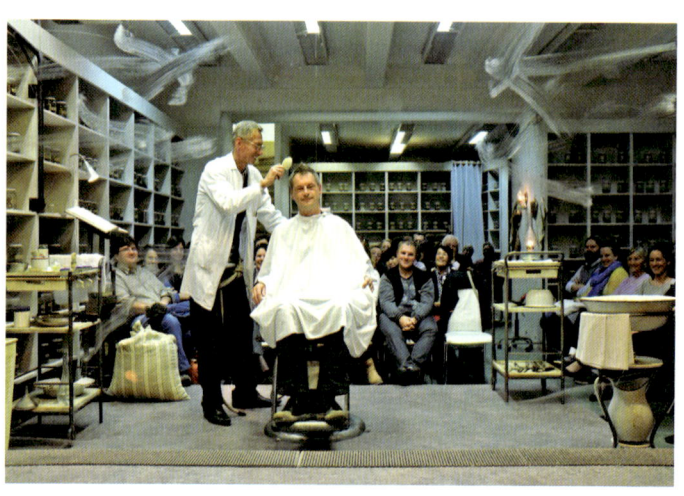

∧ 咦,理发店居然还开着?

∧ 我不仅要你最柔软的柔情,蕉衣似的永远裹着我的心

∧ 美景如画的瑞士之行

船夫站在贡多拉的后部

∧ 桥的铁栏杆上挂满了五颜六色的情锁

∧ 伯格曼的墓,在大树的树荫之下,背靠矮墙外的原野,面向波罗的海

∧ 海鸥食堂在电影诞生之前是没有的

∧ 主宅是两层楼,白墙和带黄色百叶窗的拱顶窗户

∧ 老宅已经关闭,我趴在一楼窗户上往里看

∧ 就在"城市之光"书店,他们经常在爵士乐的配乐中对着读者朗诵他们的作品

A STRANGE LAND

他乡

所有其他时刻
的深坑

洁尘 著

四川人民出版社

自序
悬停和藏身

这本书,是我十几年来的境外旅行随笔。我算了一下,包括短暂停留在内,我大概去了二十几个国家。很多地方因为完全是走马观花,笔端也就此略过。另外,日本的内容也不在此书之中。日本是我去得最多的国家,迄今有将近二十次了。我另有三本关于日本文化艺术的行走随笔出版。

多年来,一年中我一般外出四五趟,或国内,或国外。

旅行,连接着另外一个地点、另外一个存在、另外一种生活方式、另外一种可能性。人们从与外部世界的种种联结中去寻找内心的参照意义。由此出发,人可以往内心深处走去,越走越深。很多时候,旅行目的地对于旅行者来说并不是最重要的,重要的是那种在路上的感觉。或者说,旅行者其实并没有真正的目的地,他们游走四方,把自己的身心溢出日常,从而获得一种特别的存在。

我是一个相当宅也相当喜欢旅行的人。对于旅行的时间,我觉得,十天应该是个界限。

荒木经纬说:"旅途会带来人类最重要的一种原始情绪:乡

愁。因此旅行才令人期待啊。"这话我深以为是。对于像我这种出生、成长、定居在一个城市的人,唯一能够体验乡愁的机会就是旅行。而乡愁的生发时间非常奇妙,差不多就是十天左右。荒木经纬也认为旅行的时间以一周至十天最为理想。当我在他的书里看到这一点,先是相当惊奇,因为荒木给人的感觉就是一个视旅途为居家的那种人,但细细一想,人与人之间其实并无太大差别,感受一致很正常。

以我个人的经验来看,十天为什么是一个界限呢?这个时候,恰如乡愁之米酒刚刚酿好,早一点的话,还不够醇,再晚一些就酸了。十天,恰恰是异地的新鲜感刚刚退去还在回味的阶段。这个时候,对家的遥念也刚刚萌发。这种遥想的念头很细,但一旦萌发就相当浓烈,强度惊人。如果趁着这个细且强的念头打道回府,随身再携带着旅途上莫名的感伤和还没有来得及生发的厌倦,回到家放下行李的那一刻,一切就都非常的完满。我的好几次堪称完美的旅行就是这样的。

其实,超过十天的境外旅行我也经历过好些次。最长的旅行接近两个月。怎样去克服呢?两种心理调整方式,一种是想到这一趟不完全是旅行,还有工作,就会平静下来。这种旅行因为事先有充分的心理准备,我是可以安之若素的。另外一种是,很少有机会承受乡愁之苦,既然苦来了,那么,越苦越虐,还是挺来劲的。

我其实是一个溺于书房的写作者。书房是一个具迷幻效果的场所,一旦沉溺进去,的确会给写作者带来安全和温暖,并形成惯性。挣脱这种惯性需要很大的力量。走出去，到阳光、泥土、植物中汲取元气，在行走中汗水溅溢，心花怒发，让自己获得来自他乡的养分，并把这些养分回输到关于文化的体验和思考中去，让自身和文本本身都获得一种张力。我想成为这样一个写作者。

我们每个人与每个地方之间的关系都有一种冥冥之中注定的缘分。对于大多数人来说，异乡总是让人感到隔膜、不适；但有的人在故乡生活了大半辈子，知觉迟钝模糊，突然来到一个从未到过的地方，却一下子被击中了，似曾相识，涕泪交织。这就是一种很奇妙的机缘。一个人跟一个地方的缘分，其实跟人与人之间的缘分是一样的，莫名其妙，可遇非求。卡尔维诺说："每到一个新城市，旅行者就会发现一段自己未曾经历的过去：已经不复存在的故我和不再拥有的事物的陌生感，在你所陌生的不属于你的异地等待着你。"

还有一种特别的无意识和一种强烈的有限感。前者，我借用我很喜欢的德国旅行作家马蒂亚斯·波利蒂基的话，他说："（旅途中）人们一再把注意力集中在日常必需的事务上，在任何情况下，你都需要全力以赴达到预定目标。批判性质疑、道德观比较、审美怀疑，在旅途中，你很少思考这些，也很少思考自己和世界。旅途上总是有很多琐事要考虑，谁还会陷入人生问题的思考呢？除了必要的基本需求和逻辑思考，一种奇妙的无意识也随之而来。"后者，我还是借用一段话，卡尔维诺说的，"别的地方是一块反面的镜子。旅行者能够看到他自己所拥有的是何等的少，而他所未曾拥有和永远不会拥有的是何等的多。"

  世界如此阔大,人生如此浩瀚。我觉得,那种特别的无意识,是一种美妙的悬停方式;而那种强烈的有限感,则是一种相当有效的藏身方式。

2023年11月30日 于成都

目录

第一辑　泰国　越南

浑浑噩噩的欢愉 / 3

一趟开往泰国北部的慢车 / 7

恍兮惚兮，其中有象 / 10

满目山光接水光 / 14

第二辑　新加坡

雾起在南方 / 21

牛车水——华人之殇与华人之光 / 23

小印度——金色纱丽的雍容 / 34

甘榜格南——流连哈芝巷 / 37

践行信约的国家 / 39

新加坡美食小记 / 42

第三辑　韩国
犹如紧绷的阳光 / 49
韩国人的问题 / 54
独处的喜悦 / 58
首尔咖啡处处 / 61
话太少的人让人担心 / 65

第四辑　东非
对面的桑给巴尔岛 / 73
从达市飞往阿鲁沙 / 76
马赛人的部落 / 79
在非洲的一出一进 / 82
东非的漆画和花布 / 85
卡伦庄园 / 89

第五辑　土耳其
从《伊斯坦布尔》到伊斯坦布尔 / 101
金角湾与斑斓 / 103
旋转舞与呼愁 / 107
博斯普鲁斯海峡和黑白影像 / 111
虚无之念是细究不得的 / 114

第六辑　东欧　中欧

所有其他时刻的深坑 / 123

查理大桥上的赫拉巴尔 / 128

布拉格广场的"国王"和鹦鹉 / 133

访席勒不遇 / 137

一路上都有茜茜 / 140

布达佩斯夜晚的即兴台词 / 143

链子桥和忧郁的星期天 / 146

布达佩斯的晚上 / 150

第七辑　西欧

第戎逸事 / 159

蒙马特高地定格 / 164

一生中最爱的女人 / 167

蔓延不绝的迷醉 / 171

第八辑　北欧

安徒生的痕迹 / 177

哈姆雷特的城堡 / 184

妻子的背影 / 189

内心的时间反而加速 / 195

在哥德堡遇到奥德 / 199

斯德哥尔摩的锚点 / 204

很多时候，语言是个很糟糕的东西 / 208

哥特兰的黄昏 / 212

海鸥食堂 / 217

第九辑　美国

66号公路的现实和电影 / 223

到达的圣塔菲，想象的陶斯 / 227

纳什维尔的天光有琥珀的感觉 / 234

漂洋过海来看您 / 239

萨凡纳有一座莫瑟府 / 248

亚特兰大的阴雨和飘作家 / 257

美国文学的灵魂地带 / 261

这里是麦克道维尔 / 266

伍德斯托克：孤悬的味道 / 270

城市之光 / 274

第一辑 泰国 越南

浑浑噩噩的欢愉

2015年1月底和2月初,我和闺密们在泰国旅行。

迄今为止,我所有的境外旅行中,泰国行的心境是最平和的,简直叫作心如止水。

心如止水,水面上漂荡着一朵朵欢愉的花朵,欢愉来自同行密友们的融洽、来自酸辣爽口入味少油的美食、来自治安良好但又乱七八糟的周遭环境,甚至来自天气,相当浓烈的那种热。

关于花朵的比喻是有具象对应的。在曼谷,我们去了吉姆·汤姆森丝绸博物馆。博物馆的园子里有一缸一缸的花景,白的和粉红的睡莲密密匝匝地漂在一缸宁静的绿水之上,繁茂得不真实。见我看着这花景发愣,熊英在一边解释,这些花不是在这里面长出来的,是摘下来搁在里面的。

哦,这样的。后来我回想泰国这趟旅行,就想起这些花景。它们很符合我的感觉。它们艳丽娇媚,但没有生根。

在泰国的旅行,我没有什么期待。我几乎没有接触过这个国家的文化,几乎没有阅读过他们的文学、影视、艺术。有一段时间别人推荐了几部泰国电影和电视剧，我一看剧照，男男女女全是蜜糖一样的标致面孔，太热带了，一点寒意都没有，而没有寒意哪来酸楚？！所以也就没有观看的兴趣。对于我这种一切需要从阅读的根出发的旅行者，我总是事先会在心里种上一棵树，它发芽、成长、伸展、开花的整个过程都在我心里。我所做的，是去实地考察一下这棵树是否真的存在，以及它跟我心中的那棵树有多少重合的部分。而泰国于我，是一个空白，我没有种子。

随着这些年旅行越来越多，我发现我的人生整个是搭在阅读上面的。前段时间，有朋友来家里玩，说到此生未竟的两个旅行愿望，一是南极，一是珠峰。朋友补充说，他不是奢望登顶珠峰，但渴望能到五千多米的大本营去眺望珠峰。见我眼神空茫，朋友问，嗯？你怎么想？我说，嗨，这个别跟我聊，我没有兴趣。对于纯粹的大自然美景，我看看电视就可以了。

我被嘲笑了。对于这种嘲笑，我不反感。

搭建在阅读之上的人生有什么不对吗？好像也没什么不对吧。

为什么没有阅读泰国呢？每一种文化，都有其独特且丰富的存在，但与阅读者尤其是异域阅读者之间发生联结是需要机缘的。全世界的各种文化形态，一个人无法穷尽，限于个人的经历和趣味，只能选择或者被选择与其他文化发生关系，或者浅尝辄止，或者穷追猛究。在此之外，这个世界大部分的文化形态我所知甚少，甚至一无所知。泰国跟我的缘分浅了，也正是如此，到泰国旅行，也就仅限于观光客的感性空白地带。

其实也蛮有意思，纯粹的表面，纯粹的感性。

跟我一起泰国行的有当时16岁的伊北，他进了泰国的寺庙吃了一惊，满满当当的金色，除了金色还是金色。而他上一次游览国外的寺庙是奈良的唐招提寺，全是深褐色的木质结构的建筑。对比太强烈了。伊北对我说，泰国太妖了。我问他，这么妖，兴奋不？他说，不，一点都不。

的确如此。在纯然的感官环境中，人其实相当平静。视觉，拥堵的金色；听觉，喧闹的市声，尤其是东南亚特有的摩托的轰鸣；味觉，酸辣甜；触觉，马杀鸡时被狠压穴位的那种强烈的酸痛……这一切都裹在热烘烘的空气里。在曼谷，我们住在考山路上，每天晚上在这条步行街上穿梭：各种各样的小吃摊……货摊上各种劣质衣物溢出的那种化纤味道……许许多多的西方白人男女躺在街边的按摩床上捏脚，舒服得乱哼哼……露天啤酒座铺展开去，蔚为大观……编脏辫的、刺青的、跳街舞的……无数明晃晃的大腿、胳膊、光脚和半露的乳房……耳边围绕着各国语言……整个考山路，从头到尾，音乐震天响，一直要哄闹到后半夜。在考山路，一切秩序和规则似乎都被打乱了，被摧毁了，都让位于一种纯粹的感官享乐，非常杂芜，非常丰腴，乱七八糟，相当有趣。

有一天晚上，我和周露苗在暹罗广场的路边抽烟，看着曼谷的街景和来往行人。苗苗说，这几天我终于知道什么叫作浑浑噩噩，真挺舒服的。

的确，就是浑浑噩噩。脑子一片空白，但又被一种下坠的快感塞满了，满得连空虚都没有。人在这种地方，似乎卸下了所有的东西。这可能就是那么多人喜欢到泰国旅游的原因吧。

到曼谷旅行的人，一般都会去卧佛寺。赤足在寺庙清凉洁净的地面，从脚底板这边看侧卧着的佛头，因为体型巨大而产生视觉上的变形，一瞬间有被彻底抽空的感觉，人生倏忽而逝。后来我查了一下，泰国卧佛很多，好些都是巨型卧佛，犹如一座小山的体量。这么庞大覆盖的提示：躺下来，静下来，慢下来……确实很有效果哦。

从泰国回来后，我对闺密们说，冬天的下一站咱们还是东南亚吧，暖烘烘、乱哄哄、坐飞机的时间又不长。越南西贡怎么样？我来做攻略当领队。有问，越南你去过呀，没去过西贡啊？为什么就西贡呢？马上有闺密就想起了，嗨，她呀，还用说嘛，杜拉斯啊，情人啊，西贡肯定是她的菜。知我者，老友也。

一趟开往泰国北部的慢车

2015年初的泰国行,我们一行六人,在曼谷玩了后要去清迈。坐飞机是一个很好的选择,一个小时就到了。但我们想,干脆坐火车吧,由南往北,正好穿越泰国国境,好好看一看这个国家的风景。

请在曼谷的朋友事先订好了早上八点半的火车。作为领队,我早早地把一行人叫起来,六点半就从考山路出发了。同行有闺密嘟囔,怎么走那么早啊?说是出租车最多半个小时就到车站了。我道,是去火车站啊,不是机场啊,姑娘,何况我们又不熟悉。早点走吧,必须啊。

但凡中国内地人应该都知道火车站是个什么样子,人山人海,兵荒马乱。我在春节的时候坐过几次,见到的都是这个样子。近些年我很少在国内坐火车,不知道平时怎么样,可能会好点。我想象中曼谷火车站也不会清静。

不到七点就到了曼谷华南蓬火车站。候车大厅穹顶很高,空间开阔,国王像庄重地挂在墙上。大厅里空空荡荡,人不多,椅子也少,晨光洒进来,通透清润。我一下子就放松了很多,但还是纳闷,怎么这么少的人候车呢?跑去问工作人员,把票拿给他看。他说,没错,8点半,去清迈,就在9号站台上等吧。站台上等?不检票吗?我问。他说,就在站台上等,上车会查票的。

时间还早。我们一行人悠闲地在车站小食店点了米粉,吃了早餐,还在旁边的西点店买了咖啡喝,这才慢慢地晃到9号站台。

长长的站台,隔着铁轨,与对面的8号站台两两相望。周遭洁净,候车的木制长椅呈四面组合摆放,隔个二三十米有一组。旅客零零星星,或坐或站,吹着清爽的晨风。我一下子就微醺了。在所有的交通场所中,火车站台其实是我最爱的,有微苦的诗意。在有风的清净的站台上,等待着一趟必然会来的火车。这种等待,纯然,让人安心。这是一种相当极致的旅行享受。这样的站台,我曾经在甘肃柳园车站享受过,后来在台湾的台中、枋寮两个车站享受过,也曾经在日本东北行一路的许多个站台享受过。但有着如此清凉润泽的晨光和晨风,还有着大把的候车时间,那次在曼谷享受了。

火车相当准时。8点半上车。车内设施不算新,也不破败,很干净。

从曼谷到清迈,这一趟火车,早上8点30分出发,晚上8点30分到达,整整12个小时。一趟开往泰国北部的慢车!这一点让我十分满意。

我说是慢车,但其实这是人家叫作加特快的一趟列车。每天有五趟火车往来于曼谷和清迈之间，分为快车、特快和加特快。我们这一趟是加特快，特快是下午3点45分发车，第二天早上6点15分到达。另外还有三趟快车，需要15个小时才能到达清迈。

曼谷到清迈，总长851公里，火车沿线经过大城、南邦府等重要城市。从南部海边城市曼谷出发，一路向北，经过广袤的中部平原。冬稻已经收割，大片的田野全是酥黄的稻秆儿。一棵树，或一丛灌木，绿油油地立在黄色的田野中间，白色的大鸟穿梭其间。到了下午，田野渐渐地绿了，稻苗在田里安静地生长着；再之后，进入泰国北部高原，田野逐渐消失，晚光慢慢铺开，起伏的山峦迎面而来，又抽身而去。从曼谷开始紧随我们好几天的热空气彻底消散，风很凉、很猛，有点小鞭子轻轻抽打的意思。风中有青草和树木的味道。

读到这里的人可能想，泰国火车够老的，不是密封的，还能开窗呢。

这就说到一个特别的享受了。泰国火车的车厢是密封的，但车厢与车厢之间的连接通道是露天的，于是抽烟的人时不时就溜到那儿去抽烟。连接通道很短，脚下分属两个车厢的钢踏板随着车体晃动也起伏不定。一手拿烟，一手紧紧抓住扶手，一颠一颠的，强劲的风把烟全带跑了，其实几乎吸不着什么，但就是那么带劲，有点叼烟骑马上高原的感觉呢。

恍兮惚兮，其中有象

到了清迈，才明白为什么全世界的人都往这个地方跑。散淡，空茫，乱而不脏。

2月初的清迈，旱季，无雨，晴朗，早晚有温差。早起的人会抱着光光的胳膊，想起套一件薄外套；晚起的人，觑着眼看一看骄阳似火，跟每天都一样，于是不惊不诧地走出去。会热吗？会难受吗？不会的，只要头上有一片树叶挡着，阴凉就流布全身。

都说清迈比曼谷更闲散更放松，但就我自己的匆匆游览来说，反而清迈还有一些刺激思考的内容。

确切地说是在离清迈约两个小时车程的小城清莱，我们去打卡黑白庙。

清莱是泰国最北部的府城，距离曼谷900公里，是通往泰国北部山区、缅甸、老挝边境的要道。这个区域的另外一个名字——金三角太有名了。我们在金三角游逛，吃饭，逛街，一切如常，但背后总有很多故事的影子伴随，感觉有点恍惚。

黑白庙是清莱的名片，由两个佛教艺术家建成。先有黑庙，设计者Thawan Duchanee花费了36年逐渐设计并建造而成。白庙设计者是Thawan Duchanee的弟子Chalermchai Kositpipat。白庙（正式说法为灵光寺）从1996年开始建造，一直在增添内容，一直没有最后完工。黑白之意，前者意喻地狱，后者意喻天堂。一念地狱，一念天堂，境随心变，心随意迁。从景观上讲，白庙确实是胜景，各种建筑，各种诠释讲解佛教教义的壁画、雕塑，在统一的白色中融汇为一片。泰国的蓝天艳阳本来就相当耀眼了，建筑外立面上还镶嵌了很多小镜子来反射强光，让参观者的晕眩感更为强烈。

强光包围下人是会出现谵妄的。我记得安藤忠雄写过，他去法国东部，参观他的偶像柯布西耶晚年的一件非常有名的建筑作品：朗香教堂。在教堂内部，那些穿过一扇扇彩色玻璃倾泻而下的自然强光，让安藤忠雄联想到精神病人骨碌碌乱转的眼睛，惊吓中落荒而逃。其实，朗香教堂是让很多建筑业内人士也非常不解的一件作品，它的气息非常强烈，过于怪诞，理性主义建筑家柯布西耶转向浪漫主义和神秘主义的这道弯儿，拐得太迅疾和奇特了。

我是很喜欢参观寺庙的，无论是国内还是国外，特别喜欢进入寺庙之后与现实生活短暂的隔绝，以及随之而来的安宁和放松。清莱的白庙给我带来的晕眩感让我很快就离开了。我不适合这样的场所和这样的感觉。无论任何境地，保持头脑相对的清明，没有失控的感觉，会让我比较舒服和笃定。从这个角度讲，我不喝酒也跟这一点有关系。

看到网上有人在谈论朗香教堂时引用《老子》中的一段话：

"……道之为物，惟恍惟惚。惚兮恍兮，其中有象。恍兮惚兮，其中有物。窈兮冥兮，其中有精。其精甚真，其中有信……"把这种哲学体验延伸到美学体验中，把超越普遍经验之外的陌生、惊奇、突兀、困惑、复杂、怪诞等种种感受提炼成恍惚之美，认为是柯布西耶想通过朗香教堂给予世人的内容。这些内容分析起来非常复杂，我觉得，一个以理性著称的建筑家，在晚年，内心世界发生了什么样的变化，并把这种变化延伸至个人对于宗教的体验感，并通过其作品把这种体验感呈现出来，这一点深究起来，确实比单纯评价其作品是否成功有意思。

在清迈旅行，自然醒，日上三竿，最休闲的夏装，进入各种寺庙，转一圈，拜拜佛。出来找地方吃饭，找个咖啡馆坐坐，坐着坐着，就困了，去做个马杀鸡。很快就到黄昏了，吃个饭、泡个吧，起身回酒店，睡觉。我想，如果我在清迈住下来，估计没办法工作吧，感觉一天只有十二个小时，一下子就过去了。一个彻底感官化的所在，似乎所有形而上的东西都被排空了。

清迈是一个避世的地方。

中国历来就有"大隐隐于朝，中隐隐于市，小隐隐于野"的说法。这种说法本身无可厚非，甚至还颇为高超，提炼出注重心灵之隐而非拘泥于场所之隐的境界。但中国文化是这样的，但凡高超缥缈的境界学说往往就会成为某种诡辩、某种托词、某种借口；而这种大隐、中隐、小隐之说，在世俗层面上已经充满了狡猾诡诈的气息，给芸芸众生在追逐世俗名利过程中的不同阶段、不同境遇找到了非常合适的标签。

不过，也幸亏有这样的诡辩、托词、借口和标签，让人能够臆想人生是有退路的。这是圆融的东方文化让人特别觉得安慰的地方。

满目山光接水光

年轻时的记忆能有多深刻,时隔20年,书写的时候才会发现。

2000年,我去了一趟越南,参加作家代表团的一个活动。现在回想起来,城市的记忆已经模糊稀疏了,但下龙湾的海上峰林还在眼前,在阳光和海水里,似乎伸手可触。

年轻的时候,有一部小说和两部法国电影对我来说很重要,都是发生在越南的故事,《情人》和《印度支那》,在我二十多年前出版的电影随笔集《华丽转身》里,我对故事发生地抒发了浓烈的情感,写了一篇《在印度支那的海上》,在文中我写道:

……

同行的旅伴中有两个写小说的朋友,何大草和麦家。我想,他们的愿望中可能有一些沉重和深刻的东西,比如目睹有关法国殖民地和美越战争的痕迹什么的。而我,支持我的愿望是非常简单的:玛格丽特·杜拉斯的小说《情人》和两部我心爱的法国电影——《情人》和《印度支那》。

仅就电影来说，有关《情人》的着眼点是西贡民居的百叶窗。那是热带爱情故事的事发现场。但我没有去西贡，我去的是河内。而有关《印度支那》的美好记忆则因为过于恢宏和悲伤而显得有点模糊，定神处，只有卡特琳娜·德纳芙女神一样的高贵面容和那对异族情侣亡命天涯，漂流在迷宫一样的海上岛屿之间直至昏迷的那些场景。

我还记得"漂流"那一段里的一些细节：狂泼而至的阳光、没有帆的小船、蓝得令人心悸的海水和天空、一个永远绕不出去的由小岛构成的迷宫般的海域、两个坚定的奄奄一息的出逃者（法国军官和他的越南情人），以及他们虚脱时眼前摇晃着的斑斓的光斑。一段绝望的男女之情放在一个美丽的、古怪的风景里，告诉我们那片迷离海域的禁地意味和不伦之恋的不得善终。

……

文章的后半部分，我嘀嘀咕咕说了好些感想，议论了一下背叛、轻率、践诺在美德与弱点之间的转化，现在看来这些议论都很轻率。文中记录的一个细节，现在看来也很有意思：麦家盯着海面看了好一会儿，突然问大草和我，"你们被眼前这些东西打动了吗？我怎么一点也没有被打动？"当时，大草是怎么回答的我记不得了，我正沉浸在印度支那情结中，努力把眼前的景色与影像的回忆连接起来，听到这种煞风景的话，不爽。接着，旁边这两个人像小男孩一样突然开始讨论吕布和赵云谁的武功更好，完全不理会很想谈谈杜拉斯和德纳芙的我。现在回想这段往事，甚觉有趣。

《印度支那》里法国军官的角色名字我忘了，他是由法国青年影星樊尚·佩雷扮演的。佩雷神情迷乱，气质上有一种缺乏道德约束力的感觉，他以这种神情还出演了其他名片，《大鼻子情圣》《玛戈王后》，以及《乌鸦》（续集）。樊尚·佩雷的眼神有另一个物种和另一个世界的感觉，像兽和幽灵的眼神。

2004年的一天，我去经常淘碟的店铺，老板袁姐跟我说，昨天有几个法国人来淘碟了。其中一个她一眼就认出来了，是个大明星，但她叫不出来名字，也搞忘他演的电影的名字了。我联想了一下当时的新闻，《芳芳》在中国公映，剧组巡回宣传也来到了成都。我从架子上翻到《印度支那》，指着封面上的樊尚·佩雷问，是他吧？袁姐说，是的是的，就是他。

现在写这篇文字，我发觉已经很久没有关注过樊尚·佩雷了，不知道他后来还演过什么，也不知道他现在长成啥样了。于是去搜了一下，1964年生人，一直都在演戏。另外当了导演，成绩不俗，2016年佩雷导演的《柏林孤影》入围了第66届柏林电影节。

下龙湾是石灰岩喀斯特地貌海湾，海面上，峰丛和石塔陡峭伫立，峰峦叠嶂，奇异瑰丽的风景很难让人忘记。很多年后，我读到一些越南女诗人胡春香写下龙湾的诗，比如《水云乡》这首，"云根石室似蜂房，满目山光接水光。/涉海凿山痴李渤，负舟藏壑拜元章。/螺痕夕斋嶙峋出，雾影朝迷次第藏。/漫说渔人舟一叶，教重门户水云乡。"这种用典的诗可能显示了胡春香的学问,但在我读来,跟下龙湾联系不上,也跟以"淫诗"闻名的她的其他作品联系不上,但"满目山光接水光"这句,倒是写实了下龙湾光影强烈斑斓的特点。

胡春香是越南古典文学中一个显赫的人物,是很多跟越南古典文化有关联的资料里绕不开的一个名字,被誉为"喃字诗女王"。有人考证说她生于1772年,死于1822年,正逢越南历史上战乱不断的后黎朝时期。有人根据其作品风格以及作品集中所呈现的往来唱和的各路男性文人,推测胡春香出生于官宦人家,有着良好的家世背景,但自幼丧父家境破落,成年后无奈堕入教籍成为风尘女子,好比中国唐代的薛涛吧。据考证,胡春香后来两度嫁人为妾,又两度守寡,到50岁就去世了,一生堪称凄凉。她于阮朝嘉隆年间嫁官吏陈福显为妾,随丈夫到下龙湾生活,在期间写了一些关于下龙湾的诗。

古代越南官方文字是汉字,民间经常使用喃字。喃字,是越南主体民族京族假借汉字和仿效汉字结构原理和方法,依据京语的读音创造的文字。现在的越南字,叫作"国语字",采用拉丁字母拼写。这种文字是在19世纪以法国传教士罗德设计的方案为基础创制的,1945年越南独立后成为法定文字。

胡春香有一首诗《汤圆》:"妾身又白又匀称,哀与山河共浮沉;搓圆捏碎随人意,唯守丹红一片心。"另外一首《菠萝蜜》完全就是淫诗:"妾身好比菠萝蜜,瓣肥肉厚皮带刺。君子若爱就打桩,莫用手摸出浆渍。"

如果就这么读《汤圆》和《菠萝蜜》，除了角度和比拟比较灵巧之外，诗艺粗陋，也就是一坊间打油诗。所以我挺纳闷。进一步了解后得知，胡春香的这些诗叫作"喃字律诗"，据说成就很高，是越南文学的精华之作，只是翻译成汉语后就显得很奇怪了。

据说，胡春香的诗现存有50首左右，给人印象深刻的是有一种强烈的肉欲色彩，感官化倾向十分突出，所以后来越南的好些淫诗都算在胡春香身上，都假托是她所作。这也难怪。

胡春香著有《琉香记》这部诗集，作序的是其同时代女词人潘眉英。潘眉英在序文中先感慨并自誉一番："我粤号称文献，而妇人多不知学。黎朝中间有红霞女子所著传奇，而其词涉于嘲谑，惟吾潘眉英独擅词名，为前辈诸君所称。"然后，讲述与胡春香的交游缘分，听人说古月堂春香氏者，"学富而纯，文贫而丽，思奇而艳，诗法而葩。"于是前往拜访，"邂逅一遇，遂成莫逆"。她夸胡春香的诗作，"乐而不淫，哀而不伤，困而不忧，穷而不迫，得乎情性之正"。

这个潘眉英也很有意思，给别人写序，先夸自己，然后夸自己慧眼识珠，连带着别人也挺优秀，最后又把自己和别人一同再夸一遍："……钟乎女之精秀者，则有潘眉英、胡春香是也；所谓山水之高深，人才之俊杰，盖不诬也……"

把潘和胡连在一起来看——纯、丽、艳、葩，这几个词真挺合适的，借以对应其欲望丰沛、出语直接、极度自信，气场狂大。也许，热带才女就是这样的。

ived that it had never seen a major revival. During this long gap, how had the ideas of the play been developed in China and around the world and what can we read into its appeal to modern audiences? We need to take another look at the play, against the backdrop of what has happened in the world and what is around the corner.

第二辑 新加坡

雾起在南方

在飞向新加坡的深夜航班上,我的脑子里响起了曾在中国走红的新加坡电视剧《雾锁南洋》的片头曲。我还记得这首片头曲里有一句反复吟唱的歌词,"雾起在南方,雾起在南方……"

脑子里响着老歌的同时,还有一个面孔浮了上来:早年新加坡电视剧一哥李南星。李南星没有参演《雾锁南洋》,但中国播映过他主演的电视剧《调色板》,当年是风靡一时的大帅哥,与众多香港明星齐名。

当年已经很远。那是20世纪80年代末的事情。同行的三个年轻人,大食、亭亭和静雯都太年轻,说了他们可能也不知道。清晨抵达新加坡樟宜机场,导游Gary Lim热情迎接。Gary是一个与我年纪相仿的中年华人,一听《雾锁南洋》和李南星,他就频频点头。大家再一块儿说起新加坡的名人:范文芳、阿杜、许美静、尤今……大食说,陈嘉庚、李光耀。大家说,哦,对对。

每个人,对另外一个国度的认识几乎首先是从文艺这个角度进入的。而我对新加坡早年华人迁徙历史和当代华人日常生活的粗浅了解，也是通过这个渠道。

初进新加坡，颇为标准的普通话和简体横排的华文报纸、印刷品，让我们这些从中国大陆来的旅人一下子就有一种亲近感。再接触，发现其实并不那么简单。华语虽然是四种行政语言之一，但英语在这个国家显然更为普及，Gary这个年龄的华人受小时候的家族用语和学校教育的影响颇深，华语相当流利且标准，但跟我们打交道的好些华族年轻人说普通话已经有点吃力了，华语里夹杂着大量的英语单词；有些，甚至很抱歉地告知，他（她）不会说华语。

但不管怎么说，这个国家跟中国的渊源太深了。

新加坡是个多种族聚居的国家，人口主要由百分之七十左右的华人、百分之十四左右的马来人、百分之八左右的印度人，以及一些欧亚混血人种组成。三个主要种族的标志性区域，可以用三个市集性质的商业地点来代表，它们分别是牛车水（华人）、小印度（印度人）和甘榜格南（马来人）。

牛车水——华人之殇与华人之光

女人都热爱购物。到新加坡旅游的女人，一般都会觉得牛车水是最好玩的地方，因为店摊林立，卖的又都是五花八门的小玩意儿。

我们今天所看到的牛车水街景，第一个印象是，哦！好像广州的上下九啊。

据了解，现存牛车水的大部分房屋建于1900—1941年，混合了罗马、维多利亚、葡萄牙等各种建筑风格，但其基调是中国岭南建筑风格。这些房屋虽然建于不同的时期，但其共同点在于它们基本上都是商业兼住宅用途的建筑物，店面深且窄，天花板很高，楼下是商店，楼上是居所。清一色的斜屋顶，铺有红瓦砖，屋前骑楼回廊和屋后的庭院天井，让这些建筑带有浓厚的中国南方风味。

早在19世纪初叶，新加坡的开埠元勋莱佛士爵士就在其著名的"城市计划"中，将牛车水这个区域分配给华人居住，形成"Chinatown"。1860—1880年，牛车水这个区域因大量华工的拥入而喧嚣一时。清朝政府驻新加坡第一任华人领事左秉隆的朋友李钟珏，应邀来访新加坡，回国后写就《新加坡风土记》一书，其中有一段说："……谈到市况繁盛，（新加坡）没有其他地区，可比得上大坡，所有外国商行、银行、民信局、关税局都设在大坡海滨。小坡虽然也有市场，都是土著（马来人）所开，售卖当地的土产和食物，没有一个是大市场。……在大坡，有一个地方叫牛车水，酒楼、戏院和妓寮齐集，它是人口最稠密的地区，也是肮脏和污秽隐藏的地方，没有其他地方比得上它。"（注：此段文字的白话翻译是新加坡作家吴彦鸿）

19世纪后期，新加坡汇聚了大量来自中国的劳工。他们来到新加坡的落脚点就是牛车水。这段历史就是颇为心酸的"南洋贩猪仔"。之前，随着明代海上交通的发展，从15世纪开始，已经陆续有华人经爪哇、暹罗、柬埔寨、北婆罗洲、苏门答腊辗转迁徙至新加坡定居。但19世纪末的这次华人移民潮，却是一次血泪交加的地狱之旅。

19世纪中叶之后，随着西方国家海外殖民地的迅速扩张，对廉价劳动力的需求非常大。除了非洲和美洲之间的黑奴买卖之外，在东方，闽粤沿海一带大批穷苦的中国人被诱骗上船，登上了"下南洋"的不归路。不归之说，一是海上航行途中，因旅程漫长且条件恶劣而导致了很多人的死亡；二是抵达目的地后，因艰辛、困苦和疾病，又有不少人陆续死亡；而那些侥幸存活，从此定居南洋的华人，绝大多数也再没能回归故土。就这样，一代又一代，到了今天，成了"新加坡华人，祖籍福建（或广东或海南）"。导游Gary

就是这样给我们介绍他自己的。在新加坡的那些天里,我们又听到了很多这样的自我介绍。

跟早年一样,现在的牛车水还是一个集市,东南西北纵横交错几条小街道,宝塔街、士敏街、邓婆街、史密斯街等。在这些小街上,售卖旅游纪念品的店屋一家挨着一家,每家又从店门处延伸出摊位直至街面,共同构成一个颇具淘游趣味的旅游景点。而早年华工登陆新加坡时聚集此处的那个重要的历史场所"广合源号"(俗称"猪仔馆")的旧址,就湮没在这些店屋之中。

在牛车水,有天福宫(妈祖庙)和佛牙寺这种跟华族传统紧密联系的宗教场所。我们在新加坡参观的时候,天福宫正在描金涂银重新修缮。天福宫和佛牙寺都堪称金碧辉煌,浓艳富贵,可见其香火旺盛施主豪爽,也由此可见南洋华族的经济实力和虔诚之心。

新加坡的宗教形态是多元的,除佛教、基督教和伊斯兰教之外,华人社会的民间宗教形态更是林林总总,有盛行于中国东南沿海以及东南亚地区的妈祖(海神)拜祭,还有在南洋十分普遍的大伯公(土地神)拜祭。另外,新加坡华人庙宇还供奉广泽尊王、城隍爷、九王爷、关帝圣君、齐天大圣、保生大帝、开漳圣王等各路神明,来源多为中国传统文化中的典籍人物,其共同特点是代表了忠孝仁义的美德懿行。这一点,我们在访问一家叫作"大乘禅寺"的宗教场所时体会得尤为深刻。在这里,因为道、儒、释,以及民间宗教的各种元素融汇一体,所以不知道该怎么称呼它,是道观,也是佛寺,或者叫文庙、土地庙也行。我们在参观武吉布朗坟山时，对这一点也有相同的体会。武吉布朗坟山是新加坡的大型墓地，当中有许多座古墓安葬的是新加坡的历史名人，其中我们所看到的几座早年华人富商的墓地，雍容考究，雕饰精美。除中国元素之外，还掺杂了很多南洋各族的丧葬元素。比如，很显眼的是墓地有锡克族守卫的雕像。同样，华人社会中诸神共存的民间宗教形态，在我们参观土生华人博物馆时也获得了相当生动的印证。

其实，牛车水经过多年变迁之后，已经不是早年那个标准的Chinatown了，在这个区域，清真寺、教堂和印度神庙也相当引人注目。从这个角度，可以看到新加坡各种族在相处形态上的融合交汇之势。这是时代的必然，也是时间的结果。

对于新加坡，比较熟悉历史的人都知道，在它现在流光溢彩、气象万千的大城风景背后，二战期间曾经有一段十分惨痛的沦陷历史。2011年恰是新加坡沦陷于日军70周年纪念，当年参与抗日的华人先辈们又在这个时期被一一忆起，其中就有郁达夫。

1938年12月，郁达夫从武汉来到新加坡，主编《星洲日报》副刊，同时就战争局势写了大量的政论和诗文。当时，有一批像郁达夫这样的爱国文人来到新加坡，以笔为刀宣传抗日。随着英联军的节节败退，1942年2月，已经占领马来西亚的日军进逼星岛，新加坡随之沦陷。郁达夫与胡愈之、王任叔等人撤退至苏门答腊。1945年，郁达夫在苏门答腊失踪。据胡愈之推测，郁达夫是被日本宪兵所害。

1937年抗日战争在中国全面爆发之后，陈嘉庚先生任主席的

"南洋华侨筹赈祖国难民总会"就设在新加坡，这个组织在短短几年中为祖国筹集了约合4亿元的款项用于抗战，并为前方将士捐献了大量的寒衣、药品、汽车等物资，为抗战做出了很大的贡献。而在日军进攻新加坡时，数千华人加入"华侨抗日义勇军"，进行了顽强的抵抗。新加坡沦陷后，日军为了复仇，便开展了一场针对华人的种族肃清，死难者高达5万人，史称"新加坡大屠杀"。我们此行的导游Gary说，他的大伯当年就是因为抗日被日本人用卡车拉到海滩给杀害了。

我们在新加坡国家博物馆参观时，在"日治时期"这一单元，通过图片和实物，比较直观且详尽地了解了这段历史。

新加坡华人华侨与祖国的渊源历来深厚。我们在参观"晚晴园"（孙中山南洋纪念馆）的时候，对此又有了进一步的体验。晚晴园建于19世纪80年代，这所造型别致、环境优美的私宅后来被南洋橡胶业巨子张永福买下，本来是作为他母亲养老的别墅，但他将之赠送给孙中山用作南洋的革命基地。1906年，孙中山在晚晴园成立了同盟会新加坡分会。之后，在此筹集经费，策划指挥国内的革命活动。张永福、陈楚楠、陈嘉庚等众多华侨同胞在财力和人力方面给予了巨大的支持。

到了新加坡，才知道之前知晓的"土生华人"这个概念其实是跟"华人"有区别的。新加坡华人是指出生在（或者移民到）新加坡、并持有新加坡公民权或居留权的华族人士，也称"新加坡华裔"或"华裔新加坡人"。而所谓"土生华人"（Peranakan），是指15世纪以来到达南洋、定居在马六甲、印尼，以及新加坡一带的中国明朝后裔与当地土著马来人结合的后代，女性土生华人叫"娘惹"，男性土生华人叫"峇峇"。现在统一用"娘惹"来称呼这一族群。2008年，有一部被誉为新加坡"大长今"的电视连续剧《小娘惹》，播映时获得了极高的收视率，打破了新加坡15年的收视纪录，其中涉及的娘惹服饰和娘惹料理，也就此成为坊间时尚。

我们在新加坡采风期间，涉及土生华人这一重要内容时，参观采访了三个场所，首先是新加坡娘惹博物馆，正式名称为"土生华人博物馆"（Peranakan Museum）；后面两处则是有着博物馆性质的私人场所，一是土生华人私人收藏馆（The Intan—Peranakan House）；二是专营娘惹料理的金珠餐馆。

土生华人的面孔跟Gary这样的华人是有所不同的，他们还是带有比较明显的马来人种的特征。马来人种属于棕色人种，肤色较深、眉骨突出、嘴唇较厚。在土生华人博物馆，第一个展厅的内容就是满墙巨幅的土生华人肖像，有普通人，也有杰出贡献者，其中有新加坡开国元勋、前总理李光耀。这个展厅的突出效果就在于土生华人这个群体的独特的面部特征。

土生华人的语言融合了马来语和华语中的闽南话，有人称之为娘惹语或峇峇语；其建筑也是融合之物，中式的门窗，马来式的屋檐，加上欧洲风格的梁柱雕饰，构成独一无二的娘惹建筑风格。土生华人沿袭了很多华族的风俗传统，比如婚丧嫁娶的礼仪、服饰、手工、料理等都跟中国传统很有关联，跟他们其他方面一样，这中间也混杂了一些马来文化的影响。但是，华族元素明显占据了更为重要的位置。

"新加坡土生华人在整体新加坡华人当中占的比例非常小，而这个族群有被主流华人同化的趋势。"维基百科在解释"新加坡华人"这个词条里，有这样一句评论。而我们在参观代表娘惹文化的三处场所时也有同感。The Intan的主人Alvin和金珠的主人Raymond，都可以讲比较流利的华语，在这两处私人场所，我们所看到的其收藏的家具、物件以及珠绣技艺，都带有福建、广东地区的特色。同行的三位年轻朋友，大食、黄亭亭和静雯，都是广东人，他们指着Peranakan Museum、The Intan和金珠里面的各种老绣片对我说，这些在潮汕地区可多啦。他们还告诉我，娘惹那些色调粉红粉绿粉蓝、反正颜色统统都粉粉的瓷器，也是广东、福建的瓷器风格。我想，娘惹人对华族传统文化的精心传承和重点强调，也是这个族群在漫长岁月中自我选择的一个文化归宿。

对于华裔新加坡人来说，华族传统更有一种鲜活、直观、贴近、温馨的体现。我们在新加坡期间，恰是中元节时期。Gary自豪地对我们说，中元节这一古老的华人传统节日，在华裔新加坡人中间得到了发扬光大。

全世界的华人庆祝中元节的基本形式都差不多，这是一个拜祭先祖、敬畏鬼神、缅怀故人的节日。一般来说，烧纸钱和放河灯是比较普遍的中元节常规仪式。在新加坡，除了焚烧金银纸之外，中元节还意味着整整一个月的"中元会"。中元会由各社区主办，头一年选出的炉主，会在当年主持本社区的中元会事务。炉主会向社区会员收取月捐，到了中元节，这些月捐会用来搭祭台、买祭品、办宴会等。拜祭仪式之后，所有祭品均分给会员，每人一份。长达一个月的中元会，在新加坡还有两种独特的庆祝方式，一种是投标"福物"，各家各户捐出一两件日常用品，由社区会员投标竞购，得到的资金滚入下一年的中元会基金池，而在投标"福物"的当晚，也选出来年的炉主。第二种庆祝方式更为欢乐愉悦，这就是中元节歌台。炉主会在中元节这一个月中，在社区里搞一次或几次歌台活动，搭好演出的舞台，请来乐队、司仪和歌星，为社区乡邻奉献一台活色生香的演唱会。

我们在新加坡期间，就非常幸运地深入一个叫作"河山水"的社区，现场体验了一下中元节歌台的氛围。

在去歌台之前，Gary剪下了当天《联合早报》上关于歌台的预告（中元节期间，新加坡华文报纸天天都有歌台预告消息），其中有当天晚上十几处歌台的地址、司仪人选以及歌星出场阵容。Gary拿着剪报研究后选了一家，晚饭后我们就来到了"河山水"。这是新加坡的一个组屋社区，按Gary的判断，这里聚居的是当地中下收入的人群。我们到达时，歌台已经开始。舞台虽小，但也是声光电各种手段齐全，很有庆祝的氛围感。司仪和歌星在台上使用的是普通话，在问候各位父老乡亲之后，各种闽南老歌、粤语老歌，以及类似《掌声响起来》《甜蜜蜜》《何日君再来》这类国语老歌一一唱响。台下坐满了社区里的华人居民，以中老年人居多，他们欣慰地听，会心地笑，其情其状煞是陶醉，也让我们这些来自中国大陆的旅人有一种血脉相通的同胞之慨。

Gary给我们介绍说，司仪一晚上的收入在800～1000新币，歌星一般一晚上跑几个歌台，每个歌台唱三首歌左右，每台收入在300～500新币之间。正说着，司仪又介绍一个歌星上场，说她很出名啦上过什么电视啦上个月还开过个人演唱会啦。我问Gary："这个社区有钱哦，请开过个人演唱会的歌星，价格不便宜吧？"Gary笑着摇头："开过个人演唱会？在自己家客厅请来亲朋好友唱一晚上，也算吧。"

在通常情况下，一场歌台从晚上七点半开始，至晚上十点半结束。再晚就不好了，毕竟社区里还有其他种族的居民，他们并不参加华人的中元会庆祝活动，为保证他们的休息，歌台不能太晚结束。这些其他种族的居民对华人的节日也是相当包容的，就像华人包容他们的节日一样，大家在一个社区里相互理解、和谐共处。

在"河山水"歌台演出的过程中，我到后面去看了一下这个社区精心搭建的祭台：贡品有烛蜡、线香、糕点、茶、酒，以及菠萝、龙眼、香蕉等各种水果，享用的神仙是财神爷和他的两个童子。祭台两侧，悬挂多副吉祥对联，比如"灯焰光辉呈瑞色，香烟盘绕结祥云"用的是繁体的颜体字，厚重雍容。祭台旁边，一个多层台子上分列着这个社区中元节投标的"福物"，很多是酒，也有食用油，还有"年年有余""龙凤呈祥"等工艺品，另有微波炉、咖啡机、榨汁机、电饭煲等物件。家常气息，令人莞尔。

像"河山水"这样的组屋,是新加坡最为常见的社区形态。

新加坡的组屋是针对平民阶层、由国家统一修建然后出售的房屋形式。它由一组十几层高的公寓楼组成。为区分之便,有的组屋会把外型一致的楼房外墙刷成不同的颜色,红蓝绿黄,色彩缤纷。

一个组屋建成之后,配套设施里就有方便周围居民就餐的独立建筑,小的这种建筑,就叫咖啡店。我们的导游Gary总说,我在咖啡店吃的早饭……我回家就在咖啡店吃点再回去休息……开头听得迷糊,在一般印象中,咖啡店除了卖咖啡,附带的食品无非就是一些糕点,心想,Gary怎么吃得这么潦草?尽是甜点了,怪不得胖呢。后来听解释后才明白,新加坡的所谓咖啡店,就是组屋的餐饮中心,有卖咖啡、茶水的档口,再加上一些简餐档口,吃个海南鸡饭、叻沙什么的,一般也就花个2块新币左右,相当经济实惠。

规模比较大的组屋的服务中心就不叫咖啡店了,叫作熟食中心。我们去了中峇鲁熟食中心,这是一栋相当规模的两层通透式建筑,一楼有菜市场、杂货店、五金店等,二楼有几十家餐饮档口,围绕在中庭的桌椅周围,随便选两家买点吃食,吃完后就下楼回家,相当便利。

在中峇鲁熟食中心,我们吃了水粿(一种米粉做的小吃)、喝了甘蔗水,体验了新加坡华人的日常餐饮。在靠近楼梯口处,有一个卖唱的摊儿,一个老年华人正在自备的电声乐器的伴奏下唱着粤语老歌。歌声沧桑动人。那一瞬间,我感慨不已:从早年的孤悬海外,到现在的安居乐业,这中间经历了一代一代人在历史中的徘徊和挣扎、认知上的犹豫与固定，他们尊重传统，珍惜渊源，同时又相当务实，形成了新加坡华人族群的清晰定位。这种定位是相当让人尊重的。

小印度——金色纱丽的雍容

与在牛车水听到不绝于耳的闽南话、进而感受华族特色一样，到了竹脚巴刹（集市），我们首先在一家拉茶店就听到了一场吵架。哦，这是"小印度"。

吵架是在拉茶店老板跟一个不清楚国籍的老先生之间进行的。老先生一看就是旅客，但和店家语言相通，两个人的手势也是相通的，彼此用食指指天指地指你指我，吵得煞是红火。印度人也是一个在全世界出了名的惯于高声喧哗的民族。我们在一边笑嘻嘻地看热闹，乐得不行，虽然一句也听不懂。

亚洲的两个古老民族，华人和印度人好多地方很像，都是因人口众多、聪明机智、勤劳耐苦而遍布全世界，落脚之后就能生根发芽。新加坡的印度移民，小部分是来自印度西海岸的淡米尔人和吉宁人，大部分则是来自东海岸的齐智人。齐智人相当富有，其中有很多是银行家和放高利贷的人，他们是19世纪30年代最早来到新加坡谋生的印度人。

19世纪后半叶，随着对廉价劳工的需求量加大，跟大量下南洋的中国人一样，同一时期，印度移民也大量拥入新加坡，集中在实龙岗路，自然形成了"小印度"这个区域。逐渐站稳脚跟的印度移民开始在这个区域从事印度杂货、香料、槟榔、丝绸，以及金玉饰品等行业。每年的1月15日—2月15日，是新加坡印度后裔信奉的兴都教的重要节日大宝森节，兴都教徒们会在此期间举行传统的宗教游行。参加大宝森节的信徒需要事先洁净自己，戒食肉类、禁止房事、杜绝烟酒。游行当天，信徒们光着上身，头上脸上身上扎满了银针，他们抬着木拱，从柏鲁马庙出发，步行4公里至齐智庙敬拜神灵。这个仪式目前也成为新加坡的一道民俗景观，每年大宝森节，不少外国游客也会如期而至，一饱眼福。可惜我那次新加坡之行是在8月下旬，未能目睹这种奇观。

现在，作为新加坡国民的一分子，印度裔也在语言、服饰、信仰和庆典上继续保留其传统文化特色。我们在竹脚巴刹，看到了不少穿纱丽的妇女。市场上很多店都充满了浓厚的印度风格。其中很惹眼的是几乎家家都在售卖挂在脖子上的花串，红、黄、紫、白，十分艳丽。我凑近了看，这些花串由玫瑰、茉莉、绣球以及叫不出名字的热带花卉组成。我买了一串茉莉挂上。

我们联系采访的一家饰品店的老板迟到了。等了一会儿，她急匆匆赶到，热情地招呼并道歉，语速极快。她身着一身金色纱丽，头、脖子、手臂、手腕、手指戴满了黄金首饰，其隆重姿态让我等相当错愕。一打听，原来人家不是因为我们要采访，是正好去参加了一个婚礼。

老板亲热地和我合了影，还给我介绍她店里的各种珠光宝气。印度的种族主要分为五个类型，以进入印度的时间先后排序，分别为尼格利陀人、原始澳大利亚人、蒙古利亚人、达罗毗荼人、印度雅利安人。其中达罗毗荼人和印度雅利安人占绝大部分，一般意义上的印度人通常是指他们。我事后对照资料图片确认老板娘是达罗毗荼人，肤色深，肤质细腻，有一双深渊一般的大眼睛。

饰品店的旁边，是海娜手绘店。来都来了，肯定要体验一下。好在可以洗掉。之前看各种图片各种影像，对这种古老的印度装饰手法也略知一二。我伸出左手掌，想了想，我们的习俗是男左女右，于是换成右手掌。手绘师把红色的颜料从圆锥形颜料筒做的画笔尖挤出来，在我的手掌上娴熟地画着图案，主要是圆形图案的各种堆砌、缠绕和变形。渐渐地，我的右手掌"血肉模糊"。虽然接受不了这种"美"，但入乡随俗的过程还是挺愉快的。

甘榜格南——流连哈芝巷

哈芝巷是最适合拍旅行照片的。这里全是战前的老房子，曾经作仓库之用，现在被改建为一间间精致的个性小店，配以风格化的装修和五颜六色的外观，让人一见倾心。现在，在小资旅行者心目中，甘榜格南的代表地点就是哈芝巷。

1984年，新加坡出台了一个旅游业特别工作报告书。在这份报告书里，除了"华人区"牛车水和"小印度"实龙岗建议保留之外，另外还有阿拉街也被认为值得保存。

阿拉街和它周围几条平行的街道（其中就包括哈芝巷）构成一个伊斯兰教区域，叫作"甘榜格南"。甘榜是"乡村"的意思，"格南"（Glam）是一种树。最初居住在这个区域的是一个叫作格南族的流浪民族。1819年新加坡开埠之后，大量的穆斯林商人移民至此，其中包括马来人、阿拉伯人、武吉士人和爪哇人，在莱佛士的城市计划中，他们被分配居住在甘榜格南这个地区。相比于牛车水等地区所在的"大坡"，甘榜格南被叫作"小坡"。

流连在哈芝巷的确是相当轻松愉快的旅行体验，但在甘榜格南这个地区，重量级的景点应该是马来王宫。

马来王宫现名为"马来传统文化馆"，它和晚晴园（孙中山南洋纪念馆）以及印度传统文化馆，于2009年纳入新加坡国家文物局体制中，受到重点保护。

马来传统文化馆闭馆一年多进行修缮。我们在重新开馆的前两天，经新加坡国家旅游局的特别安排，进入馆内参观。待我们回国后几天，细心周到的Gary给我们发来了2012年9月1日由新加坡总理李显龙主持揭幕的马来传统文化馆重新开馆典礼的新闻报道。报道里说："……近年来，甘榜格南逐渐蜕变为一个带有浓浓异国情调的时尚区，但许多国人也许不知道，在18世纪到20世纪，甘榜格南是一个充满活力、贸易活动蓬勃的地方，当时的甘榜格南是一个港镇。殖民地时期至20世纪80年代，甘榜格南则是许多东南亚伊斯兰教徒前往麦加朝圣的起点。……翻新后的马来传统文化馆，就以甘榜格南鲜为人知的历史背景为起点，探索和突出马来社区丰富的历史、文化和传统，以及新加坡人与马来社区的联系。"

践行信约的国家

每到一个地方，如果有河有江，我喜欢夜游其上。泛舟夜游的一个要点是河面不能太宽，两岸建筑物的灯光倒映在水中，能够汇合在一起；船从一片斑斓涟漪中碾过去，像锋利的剪刀剪开一匹锦缎，似乎能够听到裂帛的声音；回头望去，锦缎在船后渐渐弥合，天衣无缝。这种感觉在新加坡河上堪称完美。

八月的新加坡，白天里湿热难当，夜晚的河风倒是恰好，微凉，沁人。在彩色的新加坡河上，视野之中总是伴随着金沙酒店那座船形的标志性建筑，两两对应，情致盎然。金沙酒店顶层的那艘"船"，在夜空中往河面上扫射着彩色的激光，忽上忽下忽左忽右，船上的人不时进入它的照耀范围之中，顿时笼上一层光环，大家就非常应景地欢呼一声。

在新加坡之行的最后一天，在新加坡河上，望着滨海湾边像一个朝天曲握的手掌一样的科学艺术博物馆，想起到达的头一天Gary告诉我们这个建筑也是一个雨水收集器，于是跟Gary聊起了水的问题。

新加坡是一个资源匮乏的岛国，水资源尤为匮乏。为了解决这个问题，新加坡有了所谓"四个水龙头"的国策。一个水龙头是从马来西亚通过输水管道进口生水，第二个水龙头是海水淡化。流入新加坡岛内的海水被围堤截住，成为"新加坡河"，作为进一步淡化的水源。现在的新加坡河两岸各种现代化建筑林立，餐饮业发达，潮人集中营克拉码头就在岸边，而乘船夜游新加坡河几乎也是最为重要的旅游项目之一。Gary告诉我们，经过十年整治，现在的新加坡河已经完全淡化了。为了保护这条生命河，两岸所有的建筑、餐饮行业不会向河里排泄污水污物，就连游船都不用汽油柴油作为动力，用的是电力。第三个水龙头是新生水。从2002年开始，新加坡解决了工业废水、生活污水在收集、集中、处理后进行重新使用的技术问题，使其成为新加坡永续供水的支柱。第四个水龙头是收集雨水，如科学艺术博物馆这样的兼有雨水收集功能的建筑和设施在新加坡比比皆是。

"四个水龙头"的故事Gary讲来如数家珍，我们作为听者十分感动。时至今日，新加坡已然从一百多年前汇聚东西方各个冒险族群的一个目的地，发展成了一个完整的令人尊敬的国家。这个国家已经把各个民族的人们融合成一个概念，那就是新加坡人。牛车水、小印度、甘榜格南……它们原来所代表的区域特色，在其保留原有的民族特色的基础上，如今也融汇在一起，就仿佛那流光溢彩的滨海湾和新加坡河。

我想起在新加坡国家博物馆看到的新加坡国家信约——"我

们是新加坡公民，誓愿不分种族、言语、宗教，团结一致，建设公正平等的民主社会，并为实现国家之幸福，繁荣与进步，共同努力。"

  应该说，看看今天的新加坡，可以感受到这个国家的政府和人民都在努力践行这个信约。水的故事是信约的映照之一，它代表着一个国家和它的人民在发展道路上的远见卓识、同心协力、坚忍不拔。这样感人的故事，让我们在离开新加坡的时候，除了关于新加坡美景美食的视觉记忆和味觉记忆之外，更增添了一份浓重的敬意。

新加坡美食小记

新加坡是族群混杂之地，因此也就是美食混杂之地。在新加坡采风调研的几天时间里，吃过西餐、粤菜、闽南菜、马来菜、印尼菜、印度菜、娘惹菜，还有混合了各国风味的新派新加坡菜。给我留下深刻印象的是这样几种美食：肉骨茶、黑胡椒螃蟹、叻沙。

我在吃了"发起人肉骨茶"的当天晚上，回酒店发了一条微博嘚瑟。跟进的好些评论一方面谴责我夜里说美食折磨人，属于"人品不好"，一方面都这样断句"发起——人肉骨茶"。哇，好吓人，相当于孙二娘的人肉包子铺了。有一个在新加坡留学的朋友说，你写错字了，应该叫作"发记肉骨茶"。幸亏我当时拍了店招，立马重新贴图证明：没错，就是"发起人肉骨茶"。我估计是这位在新加坡留学的朋友听说过这家，把"发起人"听成"发记"了。

"发起人肉骨茶"的创始人蔡水发老先生是我们约定的采访对象。关于店名的来源，他说早先在组屋咖啡店开一个小档口的时候，叫"蔡记肉骨茶"。后来有人指点说，你的肉骨茶太好吃了，算这种美食的发起人，一定得在店名里说明你的地位。于是就有了现在这个店名。

我们在采访时，他就说："早年我是养猪的，所以对猪骨猪肉特别了解。后来我就在咖啡店里开了个卖肉骨茶的档口，生意很不错；再后来有高人指点，说是你的肉骨茶这么好吃，名人也来吃，你这个地方，人家名人来了显得不讲究，你还是单独租个门面做生意吧。所以我就听了人家的话，开了这家店……"这个高人指点得真是不错。现在位于新胡姬大酒店一楼的"发起人肉骨茶"总店，生意好得惊人，门口全是排队等座的人，而酒店的墙上，贴满了蔡老先生和华语影视圈娱乐圈名人的合影，我转了一圈，看到了李安、周润发、周华健、周杰伦、房祖名、林俊杰……蔡老先生指着一张合影问我们，听说他是中国很有名的一个人？我们告诉他，是啊，他是一个电视主持人，叫汪涵，是很有名。

除了"发起人"，新加坡还有好些家肉骨茶，基本上算是星岛第一美食了。对于中国人的口味来说，肉骨茶很是对路。

所谓肉骨茶，就是取上等肋骨，在加入了姜、蒜、盐和米酒的汤料里熬制成的排骨汤（说来做法很简单，但其实秘诀在于熬制汤料中自行添加的各种滋补药材，至于是些什么东西，那就是商业秘密了），配上乌龙茶一起食用；跟排骨汤和乌龙茶一起上来的还有加酱油、胡椒、辣椒的蘸碟，口味轻重由食客自己掌握，另外还有一碗白米饭。这顿饭吃下来，排骨的腴美和乌龙茶的涩爽、米饭的甘香，结合得相当完美，口腔和胃都会感觉到一种家常菜的熨帖。

黑胡椒螃蟹是我初到新加坡时，一位很会吃的朋友在微博上给我隆重推荐的。她的推荐我肯定要重视，但说实话，我很是疑惑。对于螃蟹这东西，我一向不太认同清蒸之外的其他做法，螃蟹是极鲜之物，用调料来对抗它本身的鲜美，我觉得有点粗鲁。我所居住的成都，是风靡南北的香辣蟹的发起地，四川人历来口味重，独尊麻辣，弄出个香辣蟹来也在川人的情理之中，但新加坡这个岛国为什么会有黑胡椒螃蟹呢？

黑胡椒螃蟹的品相难以恭维，红色的蟹壳上糊着黑乎乎的调料。待吃下去——哇！大赞啊！蟹用的是来自印尼的大海蟹，剁开后用黄酒腌制一会儿，加黄油、酱油、盐、黑胡椒粒、黑胡椒粉、洋葱、蒜、姜片、小红尖椒、香葱等调料炒制而成。这道菜滋味丰厚，蟹肉肥美略腥，这种腥跟黑胡椒掺和后就变得鲜香辛甜了。经过这道黑胡椒螃蟹，我对于螃蟹的唯尊清蒸之念也该修正一下了。海蟹可以有不同的做法，蒜蓉或黑胡椒，跟它都挺般配。不过我还是认为，大闸蟹只能清蒸。

我那位很会吃的朋友说，新加坡的美食，只有肉骨茶和黑胡椒螃蟹不错，其他乏善可陈。我在新加坡期间吃了一圈，认为"不错"的名单里应该加上叻沙。不过，对于中国人来说，叻沙的味道显得太"南洋"了。

叻沙是一种标准的娘惹面食，米粉或面条的汤底是用鱼和Assam（酸豆的马来语）熬制出来的，带有一种特有的酸，另外还加上虾米、虾羔、蒜蓉、干葱、辣椒、香茅、南姜、薄荷以及椰汁等各种调料。这道面食风味浓烈，有海鲜的腥、酸豆的酸，还有椰汁那特有的果味，另外还有各种香料味。难怪好些人觉得味道太怪了。我的口味还算宽泛，能享受其独特的南洋风味。作为游客，我认为叻沙是不能错过的一道美食。

　　游客美食和家常美食是两回事，这跟旅途和家是两回事一样。我向来喜欢在旅途上尽可能地扔掉对家常美食的眷恋，尽可能地在旅途中去品尝各种当地美食，这才不负旅游的意义。在新加坡的书店，看到有娘惹食谱圣经、李光耀先生的母亲李进坤女士的《李夫人食谱》，应该是李光耀先生的侄女李雪梅女士重新整理出版的新版。我瞄了一眼，没多看，也丝毫没有动心买一本回家。回家我就吃成都家常菜了。旅途中的美食，就留在记忆里吧。

第三辑 韩国

阳光 犹如紧绷的

2019年4月，我去了首尔。从主街上看，跟其他现代化城市没有什么区别。当时，我刚看完《请回答1988》不久（2015年的韩剧，拖了几年才看的），我想去看看双门洞。当然没有真的双门洞，那是《请回答1988》那部电视剧在片场搭出来的一个街区，它代表着主街背后的老街，是普通首尔人的生活区域。

现在，2022年夏天，我想坐地铁到京畿道的堂尾站，去看看《我的解放日记》中廉家的房子，以及旁边具氏的房子。房子里的那些戏估计是片场搭景拍摄的，但京畿道的乡村风光是真的。

对于韩国，我读的文字不多，但多年来通过影视剧看到的韩国也真是不少。影像中的韩国，分为两种，一是韩剧，绝大部分被柔了光的，就如镜头里的那些男男女女，高挑光鲜，脸上光洁无比，一点儿瑕疵都没有。这些被揉了光的韩国也好看，知道假，但假得也很有趣。二是韩影，韩国电影的很多作品，之狠之虐之黑暗，在世界电影范围内也相当突出。

我是在两部韩国电视连续剧中，对韩国人有了深度的好感。

一部是2015年的《请回答1988》，一部是2022年的《我的解放日记》。电视剧如果足够优质，观众与剧中人物的联结就会比跟电影的人物更加紧密。电视剧的容量，可以让观众一点一点地熟悉和了解剧中人物，这个过程会让这种关系更为贴近和牢固，移情也更为充分和彻底。

《请回答1988》被中国网友封为神剧，迄今都是韩剧首选作品。我看了两遍，剧里面的各个角色，一旦出现在其他作品和其他场合里，都有一种见到老友的亲切感。这部剧的奇特在于，一部颂扬人性美好的剧，没有一个反角，但拍得层次之丰富人物之动人，犹如高长调绘画高手，能在一片高光的白色中间清晰呈现所描绘的对象的层次。

我和同行人跑到首尔钟路的一家叫作BANJOL的店，一个五层楼的空间，从下到上，有简餐、特色厨具店、咖啡和楼顶的一个小型展览空间。展览空间正在展出艺术家崔慧兰的个展"资本主义与个人的关系"。这么大的题目下，十来幅作品企图做出回答，观者如我，不知所云。

我们到这里，是听说《请回答1988》有一段戏是在这里拍的，金家大哥在这里等女朋友。我上下看了看，跟观剧记忆没有对上。这些都是网络上的打卡攻略，但对于第一次到访的观光客，这些攻略是很有用的。我们进入一个陌生的国家，先得找几个把手、几个目标才行。

到了2022年春夏之际，终于有了一部可以与《请回答1988》并置的韩剧了——《我的解放日记》。这两部戏，所有角色都相当到位，在此基础上，有一两个角色凸显出来，具有经典品质。"请回答"里是朴宝剑饰演的崔泽和李孝利饰演的成德善；"解放日记"里是孙锡久饰演的具氏和金智媛饰演的廉美贞。

"解放日记"的基调跟"请回答"完全相反，丧，疲惫，人物被摁进暗色背景之中，再从暗色中一点一点呈现轮廓和光芒。间杂其中，是不经意的暖意和时不时让人扑哧一笑的滑稽。台词考究，诗化，相当动人。这部剧的核心是个体的解放，所谓解放三原则，即：一、不假装幸福；二、不假装不幸；三、诚实面对自己和他人。

我很喜欢的一个桥段是：二哥廉昌希把具氏的劳斯莱斯的保险杠给擦挂了，修不起，只好向具氏坦白交代。具氏默默走到车前查看，猛地一抬头，眼露凶光，昌希吓得嗷的一声鹅叫，撒腿就跑，具氏在后面狂追……然后是很长的一组镜头，两人跑过山川四季，奔跑中时光倏忽飘逝，狂喜莫名……两人跑到堂尾站，上了地铁，突然静了下来，互不搭理，各怀心事，然后把自己淹没到首尔的人潮之中。这段戏，有图斯库里卡的味道，起势突兀，反转精彩，整个叙述过程顺滑无碍，悲欣交集，像瀑布，但下面接的不是深潭，是沙堆。

我读过韩国诗人高银的一句诗，"哪个国家都没有/没有这紧绷的阳光"。

当初读的时候，把这句记了下来，只是觉得这个意象很独特。

再看"解放日记"里两个人奔跑的这一段时，突然好像明白高银那句诗的味道。韩国人，倔强、刚烈、忧伤，有着沉默与谵妄随时切换的气质，犹如紧绷的阳光。

我还是得从文字进入一个国家。

韩国作品进入中文版的不算多，高银在其中，我读过他的诗集《唯有悲伤不撒谎》。高银的作品相当浩繁，据说已经出版了一百五十多部著作，多年来陪跑诺贝尔文学奖，被认为是最有可能获得诺奖的韩国作家/诗人。高银出生于1933年，现在据说还在写作。他的一生非常复杂，当过和尚，干过各种劳苦的工作，政治运动的热烈参与者，入狱四次。高银的诗很大一部分是"大诗"，涉及国家、历史、人民、命运等，迎风哀啸，长歌当哭。金斯伯格对高银有过一个评价，说他是韩国的诗歌菩萨。

高银曾经有过十年的僧人生涯，他的一些诗有着禅意的意味，我很喜欢他的《侧柏篱笆》，喜欢他以侧柏为界，里外转化的意象。

> 也许是因为来往的人不多
> 那条路总是很冷清
> 像哭过的人
> 悲伤散去
> 深绿色的侧柏篱笆
> 比去年长得更茂盛

……

此刻我在谁的心里

穿着谁的外衣

我在侧柏篱笆里面

谁在外面

……

（节选自高银诗集《唯有悲伤不撒谎》，薛舟译）

韩国人的问题

2009年的时候,在韩国东国大学电影系读博士的朴喜晟女士,因撰写博士论文,需要做一些调查。她经中国朋友介绍,给我发来邮件,希望我谈一点韩国电影的问题。朴喜晟女士还是韩国电影振兴委员会的职员,这个机构是韩国文化观光部的一个准官方机构,目的是支持韩国电影的发展。

我想,她之所以问我韩国电影的问题,估计是我写过不少韩国电影的随笔吧。这一部分内容,后来我收在一起,放到了"洁尘电影随笔精选集"(四卷本)(2017年10月出版)的《清冽之水》那一册里面,这一册的主题是日韩电影。

第一个问题是:"为什么《我的野蛮女友》在中国受欢迎?"

我回答说:《我的野蛮女友》在中国受欢迎的首要因素是因为这是一部好电影,一部好的爱情电影,它拥有打动人心的情节和细节。当然,好的爱情电影很多,能够达到《我的野蛮女友》这种受欢迎程度的还是屈指可数的。那么,它与其他爱情电影有什么区别呢?我想,这部电影女主角的定位以及男女主角的相处模式是最重要的原因。在整个东亚,日本、韩国和中国,自古以来男权总是昌盛的,占主导地位。在这部电影中,"野蛮女友"动辄就出手把男友扁一顿的作风,让女性全体大感快慰,这中间,可能有一种集体无意识的情绪发泄。那么,是否可以说这部电影让女权占了上风呢?其实不然,全智贤扮演的"野蛮女友",形象妩媚,完全符合男性对女性的审美观,而她的"野蛮",其实在大多数男性观众的眼里是一种娇蛮,是一种被男性所接受的撒娇的方式,这个角色的内里是脆弱的、温存的,符合男性对女性的性格定位,足以引发男性观众的怜爱之心。这么一来,这部电影可以说是男女通吃,因而大受欢迎。其后,另外一部韩国电影《我的老婆是大佬》也出现在中国,但那里面女性角色的"野蛮"程度则走得更远,超出了男权所能宽容的范围,因而它不可能取得像《我的野蛮女友》那样的商业成功。

第二个问题是:"《汉江怪物》在中国没什么大欢迎的原因是什么?"(好像有点拗口,原问如此)

我说:像《汉江怪物》这样的灵异题材的作品本身其观众面就不如情感题材的电影的观众面广。很多中国人还是颇受孔子所言"子不语乱力怪神"的影响吧。而在中国的传统中,灵异题材会更加缥缈,几乎与现实世界完全不搭界。比如,中国的《西游记》这类的神仙故事以及《聊斋》之类的鬼怪故事,都是完全虚构的与现实生活不发生关系的另外一个世界。《汉江怪物》把灵异事件与世道人心结合在一起加以讲述,可能在韩国社会是一种很契合民意的叙述方式，但在中国，它的接受基础则要单薄得多。

接下来的问题不少，比如对韩国爱情片走俏亚洲的原因分析等。其中有个问题是"韩国电影的特色是什么？比较中国内地和香港的、好莱坞的、日本的……"这个问题挺好的，我如是回答：所谓某个国家的电影特色，在全球化语境中，商业电影几乎都是一个模式。要说特色，在此，仅就艺术电影而言。韩国电影的特色在我看来就是比较极端和浓烈。这可能跟韩国人的性格有关系。有才华的电影导演会在其作品中将其所要表达的东西推到某种极致的程度，其创作态度是很彻底的。比如，金基德所表达的黑暗人性，许秦豪所表达的情感的虚无，朴赞郁的血腥，在其作品中都表达得很彻底。中国内地和香港的很多电影跟好莱坞电影其实是一个思路，那就是其创作主旨要适合大众道德观和审美观，创作者自身的观点并不凸显，而是将其观点置于大众的道德观和审美观之后。而日本电影一向是很风格化的，其含蓄、隐忍、克制的表达方式也是相当彻底的。

朴喜晟女士问，韩国电影现在在中国不那么红了，原因何在？我说：韩流（包括韩国电视剧和电影）在前几年达到高峰之后，现在逐渐式微。仅就电影而言，其主要原因我想还是在于韩国电影的类型化趋势越来越明显，新意不多，已成套路，爱情片套路，喜剧片套路，等等。在我看来，当下韩国电影的创作力有所萎缩，需要新的突破口。

最后一个问题我没能回答，她问：中国观众的特性是什么？喜欢什么样的电影？中国人那么多，国民性太过复杂，这个问题我哪里能回答呀？！

独处的喜悦

2019年4月首尔行的重点是在首尔市立美术馆,看了大卫·霍克尼个展。

这个展从2019年3月22日开展,至8月4日闭展。首尔展是2017年2月9日为祝贺霍克尼80岁生日,由伦敦泰特不列颠美术馆首展的六十年艺术生涯回顾展之全球巡展的一个环节。2019年9月,这个展到了北京,取名"大水花",副标题是"大卫·霍克尼泰特馆藏作品及更多",不知道是不是平移首尔展的体量和内容,但似乎在哪里听到一耳朵,说北京展的内容要少一些。

首尔市立美术馆进门的院子里布置了一个拍照打卡点,一个平台上摆着两把木椅,浅蓝色的地垫,鲜绿色的小桌,桌上一面木框化妆镜,一个浅蓝色的花瓶,瓶里插着一束郁金香。背板是灰绿色的,上书"DAVID HOCKNEY"。这个场景取自霍克尼的名画《我的父母》。在这幅画里,父亲和母亲身着外出正式服装,母亲裙装,父亲西装,两人分坐在两把椅子上。左边的母亲直挺挺地坐着,两手交握,很紧张的样子。父亲在翻一本似乎是动植物图谱的书。这不是家里的场景，像是在别人家或者某个场合，在等什么人。

在这个打卡点，我和同行友人合了影，每个人又单独拍了一张，参观完事发了朋友圈。

绝大部分人都不会放过这个拍照之后发社交媒体的机会吧？尤其是展览现场不能拍照。

霍克尼的这个大型个展，占据了上下两层楼，美术馆的墙面上是各种颜色的"DAVID HOCKNEY"，明快强烈的视觉宣传效果，跟霍克尼的那些色彩明快的作品相当匹配。

好些之前在画册里和网络上看到的霍克尼作品，在现场看到了原作。惊讶于原作的体量之大。生于1937年的霍克尼，26岁就名声大噪，几十年来一直保持着世界顶尖艺术家的位置，持续丰沛的创作力一以贯之。在展览现场，看到他很多的用手机和iPad创作的作品，有一种特别的感慨，霍克尼从来不排斥时代的技术手段，与时俱进，在手机和iPad之前，他还用过各种当时的新技术来进行创作，传真机、激光影印机、电脑……我时不时看到有文化人痛斥手机的害处，尤其痛斥智能手机是碎片化和庸俗化的罪魁祸首，这样的态度确实迂腐了。人是离不开时代的技术方向和技术存在的，需要的是借助技术让自己的生活更为便利，但同时节制、自控、好自为之。所谓存在的自洽，从来就离不开个体与时代和周遭的关系。霍克尼在长达六十年的创作生涯中，充分自洽于艺术家个体的创作与时代的技术发展，什么都挡不住他的天才表达，反而会助力于他。这就是所谓的天之骄子。

霍克尼突出的一个特点是将浓厚的装饰性与深厚的艺术性结合在一起，在人的本能感官层面、深层的情感层面和精神层面，他的作品都能一路探下去。在他之前，这样的人物，在我看来，克里姆特是一位，穆夏也是一位，葛饰北斋、歌川广重也是。再远一些，波提切利肯定是。仔细梳理一下当代应该也有好些这样的艺术家，但最为突出的应该就是霍克尼。

在展览现场，陶醉在霍克尼那些色彩的对比度和饱和度很高的画作之中。他的变，是在手法；不变，是在题材上，永远都是身边的景物和人物。有好些作品是他在阳光猛烈的洛杉矶创作的，锋利的光影切割，大面积的色块对比，有爱德华·霍珀的感觉，但又不一样。有什么不一样呢？我想明艳、寂寞，是一样，但霍克尼没有霍珀的孤寒，他是艳丽的、宁静的，甚至可以说处处透出独处的喜悦，那种只有长时间独处才能从作品中渗透出来的喜悦。

首尔咖啡处处

首尔的咖啡馆特别多。2019年4月的首尔行，回忆起来似乎总是在喝咖啡。

在钟路的BANJUL，是我和同行友人刚到首尔那天的下午。看了一个小展览后，在外面的平台上喝了一杯咖啡。首尔上空的云影和春天的太阳洒在身上。之后，清溪川、火花路、景福宫、光华门广场逛了一圈，晚饭跑到三清洞一家炸鸡店，啤酒炸鸡，蘸甜辣酱，还有田螺龙须面。这家店在路基的下方，门口是一段斜着往上走的马路。我想象了一下盛夏暴雨沿路基倾瀑而下的情景。

炸鸡店有个繁体汉字招牌写着"雞熱社"。突然在街面店招上看到汉字，还是有点惊奇。二战后，朝鲜半岛全面去汉字化，汉字使用的地方很少，日常生活中基本上使用的都是谚文，一种朝鲜半岛15世纪开始与汉文一起使用的音标文字，有点像日语中的假名。日语直到现在还是汉字和假名混合使用，谚文则是单独抽了出来。

去查了一下，现在韩国哪些时候和地方会使用汉字呢？

古装剧里面的各种道具，屏风、文书、用品等，上面的文字是汉字，否则与历史不符。

地名标志在韩文的后面附有汉字。

因为音标文字里同音异义太多，为了严谨表述，韩国政府机关的公文，重要的证书、文件、信件都使用汉字，比如在韩剧里看到里面的角色要辞职，就给老板递上"辭職書"，镜头还给个特写。

重要节庆的祝贺语、春节的春联、葬礼的挽联，用汉字。

再有韩国人的身份证，名字在韩文的后面都标注有汉字。我为此专门请我们首尔之行的陪同人员小李姑娘给我看一眼她的身份证，果然。据说，很多韩国年轻人已经不太会写其他的汉字了，但自己名字的汉字都会写。

这天的炸鸡店，同行友人小红的一个熟人跑来会合，韩国戏剧导演李光馥，她俩是在大凉山戏剧节认识的。李光馥一开口，中文那个溜啊，让人钦佩不已，虽说之前她在北京待了好几年，但几乎没有口音的中文，还是得有语言天赋才行。有一年，成都蓝顶艺术村的D空间有个群展，其中有艺术家九九的作品，在现场和她聊天，听口音，是重庆妹儿，再往下聊，才知道她是日本人。这种语言天赋真是让人惊异。

啤酒炸鸡成了近年来到韩国旅行的标配，这是2013年的韩剧《来自星星的你》的功劳。可惜我们是在夏天，没有雪。我认为剧里两人在医院望着窗外初雪那段戏挺精妙的，那边，外星人都敏俊，想起四百年前的那个女孩在初雪里的表白；这边，千颂伊想起童年时初雪那天父亲离开了家，两人内心都充满了忧伤潮湿的情绪，但千颂伊二兮兮地脱口而出的是想吃啤酒配炸鸡，没有说出这是父亲当年作为奖励的食品。

我记得在"雞熱社"我又喝了咖啡，是在这家店里点的，还是隔壁咖啡店买了拿过来的？

之后几天，我们的行程：首尔市立美术馆，大卫·霍克尼特展；达·芬奇美术馆的三国志多媒体展览；江南，COEX的星空书店，网红打卡店，从地面到天顶的书架，根本不是让人买书看书的地方；江南，Queenmama market，生活市集商店，二楼是书店，窗外绿荫深厚；中路区，阿拉里奥美术馆（ARARIO MUSEUM），美术馆一楼是咖啡馆；三清洞商业区，很好逛，刚觉得想坐一下的时候就有可以坐下来的店，在以牛奶制品著称的"百味堂"吃了招牌的冰激凌……

在上面这些地方都喝了咖啡。

然后是东大门设计广场（DDP）。这是扎哈的作品，一如既往的太空感。里面有一家叫作CAFE de FESSONIA的咖啡店，在网上很红。它的吧台做成船头的样子，四周几把椅子，一些可以坐下来的墩子，倒是跟建筑风格很搭，但相当不舒服。咖啡馆，在我看来就是能够窝下去的地方，树影婆娑和沙发是必需的。在CAFE de FESSONIA，坐在墩子上喝了咖啡。

在贞洞剧场看了《赤壁》，三国主题的新编音乐剧，结合盘索里（朝鲜王朝后期民间的一种说唱形式）、现代舞以及摇滚等各种元素，很有意思。道具是人手一把折扇（盘索里的传统），然后用折扇为支点，变幻三国时期的刀枪剑戟和儿女情长。唰唰唰地甩扇声贯穿全场，血气充沛，全场气氛燃爆，虽然一个字都听不懂，但背景和人物都很清楚，也完全看嗨了。戏散了后，在剧场外逗留了一阵，遇到演曹操的演员卸妆出来，聊几句。曹操听说是中国观众，立马非常开心。贞洞剧场也有一个小咖啡馆，桌椅摆在廊下，面对院子，我们在这里又喝了咖啡。

前阵子我看书，才晓得折扇是作为贡物从朝鲜进入中国的。高彦颐在《闺塾师》里说，"明代上流女性开始使用折扇，而折扇曾属妓女专用。"不知道为什么，这段话在脑子里转一转，觉得莫名喜感。

在首尔的最后一餐，吃了活章鱼，喝了一点烧酒。这个得专门说一下。前者，是视觉恐怖的暗黑系料理，真吃的时候，其实没啥特别的异常，只觉得颇为鲜美。我不记得同行的另外三个女友，晓蕾、小红和睿睿，她们吃没吃活章鱼，记忆中她们几个哂着烧酒表情复杂地注视着我。我是不喝酒的人，但也喝了几口烧酒，我觉得比中国的白酒柔和多了。最后一餐，没有喝咖啡。

话太少的人让人担心

翻我的相册中的"首尔"文档，看到很多首尔的夜景。记忆中似乎没有专门想拍夜色中的首尔，但居然定格了这么多空荡荡的街道。从外观上看，这些现代化的城市全世界都大同小异，但其实城市的肌理是不一样的，而这种肌理的差别，在夜色中似乎更为明显。

现在翻看这些照片，我也很想戴上耳机，听一听某个人的脚步落在街道上的声音。跟白天不一样，夜里的脚步有点重有点涩，但同时又有一种人后的不被观看的放松和自在。脚步的节奏跟呼吸的节奏吻合在一起，就在耳边，吹弹可感但遥不可及。

这是首尔的一个叫作后溪的平民小区，这种通过耳机听到的脚步声，是一个21岁的女孩对一个45岁的男人的隐秘的爱情方式。这个本来因过于恶劣的成长经历而对整个世界充满了恨意的女孩，就在这些夜晚的脚步声的陪伴下，心灵一点点地回温和复苏。这是另外一个平行世界里发生的故事。因为对韩剧《我的解放日记》的深度好感，于是对该剧的编剧朴惠英饶有兴趣地探究了一下，于是就看了她的上一部爆款作品，2018年由她担任编剧的电视连续剧《我的大叔》。

相比《我的解放日记》中，导演金锡允在艺术手法上时不时采用的一些灵动手法，《我的大叔》的导演金元锡就是一个老老实实一点不耍花招地讲故事的人。观后一琢磨，两部剧品质感都相当出色，色块和线条不一样，但底色是一致的。朴惠英这位编剧，功力了得，我钦佩她对人生的深入理解和温厚接纳。

在《我的大叔》里，编剧的高明在于设置了监听软件这个异常但符合剧情逻辑的元素，让一切的推进都显得顺当且自然，也让许多本来需要通过台词交流的情节归于沉默，从而让这部剧获得了厚重的质感。

男女主人公都相当出色，李知恩扮演的21岁的女孩李至安，十分动人，而由李善均扮演的男主角朴东勋，表演难度更大，更为难得。一个堪称完人的角色太不好演了，朴东勋这个角色如此动人心魄，很大一部分功劳得归于李善均的表演。话题扯远一点，李善均是韩国资深演员，1975年生人，一直很活跃，作品量很大，有一大堆电影作品和电视剧作品，也得了不少奖。我之前看过他的一些电影和电视剧，说实话对其完全无感，感觉从外貌到气质都有点松散甚至滑腻。看这部《我的大叔》时我都愣了，这是李善均吗？怎么会变得这么好看啊？完全脱胎换骨成了另外一个人。不是年轻，是好看，舒服，熨帖，是状态最好的中年男人。

后来看了一个李善均的访谈，他说他在呈现朴东勋这个人物时，特别注意呈现了他的凄凉感。这句话确实道出了这个人物的关键，寡言、认真、踏实、厚道，在看似淡定稳重之下渗透出丝丝缕缕的凄凉寒意。剧中三兄弟，朴东勋排行第二，境遇最好，但最让母亲心疼和牵挂。为什么呢？朴妈妈说，话太少的人让人担心啊。

剧中的两场哭戏，都是人物情绪决堤的必然结果。

一场是至安听到大叔为自己打架，那些沉重的喘息声，那些肉搏中的捶打声，从平时偷听时大叔的沉稳的呼吸声脚步声崩发开来，至安蹲在街边放声痛哭，这个把所有的情绪都压在心里的硬邦邦的女孩儿，终于有了正常的情绪表达。好的电视剧，从角色这个角度来说，真的是太好了，比电影的容量和幅度好，它可以让观众一点一点去熟悉一个人，进而一点一点地爱上这个人。

另一场哭戏是在这部剧接近尾声时，自己的家里，朴东勋一个人在桌前吃外卖，突然感觉自己想哭，不敢置信，进到卫生间收拾了一下，出来后坐在沙发上，摁开电视，想回到熟悉的状态中，但泪意汹涌而至不可阻挡，从啜泣终至号啕……在此之前，朴东勋对李至安说："听尽了我不堪的人生，你还站在我这一边，谢谢你。"生活中的一切似乎都在走向复位，朴东勋终于开始面对自己，那是一份真实地强烈地存在着的，但自己不肯承认也不能承认的爱情。这场戏，演得太好了。观众由此释然，这个沉默寡言过分隐忍的男人，太让人担心了，现在好了，终于哭了出来。

我后来在B站看了一些这部剧的片段视频，弹幕很有意思，那些年轻的观众不停地问：他们之间是爱情吗？大叔爱至安吗？如果他们相爱，为什么没有在一起啊？大叔对至安肯定只是友情，要不然怎么可能不和至安在一起呢？……

有些年轻人理解的爱情就是两个人在一起了。不是这样的。完全不需要的。对于大叔和至安来说，他们之间的爱情就是看着对方活得还好，偶尔遇到的时候可以微笑着打招呼，合适的话可以一起吃个饭。朴慧英在《我的解放日记》和《我的大叔》中，都采用了开放式的结尾，我去翻了一下网上的文章，相比"解放日记"中明确的感情内容，"大叔"的结尾更为隐晦，于是很多人根据各种细节加以分析，想确定大叔最后可以跟至安在一起。对于观众这种普遍的心理期待，朴慧英采用开放式结局是有道理的，这份对观众的体恤之心相当明显。

《我的大叔》获得了2019年第55届韩国百想艺术大赏电视类最佳电视剧、最佳剧本、第24届韩国釜山电影节亚洲内容板块最佳编剧等一堆奖项，实至名归。在《我的大叔》这部剧之后，还能有《我的解放日记》出品，对于编剧朴慧英来说，是一件十分了得的事情。我看过"解放日记"主演孙锡久的一个访谈，回答为什么接这部剧的时候，他的回答大意是说，不需要理由啊，这是《我的大叔》的编剧朴作家的剧本啊。

在首尔的那些夜晚，那些空荡荡的小巷，泡菜、冷面、炸鸡、烤肉、参鸡汤……韩国的饮食朴素简单，但很合口，就是过日子吃的扎扎实实的东西。高纬度的人，专注耐心地活着。一个回忆中的城市，因为一些虚构的剧中人，反而变得真实，变得可以触摸。人类的悲欢在现实层面的相通程度相当有限，但是，在虚构的那个世界，那个跟现实很像但跟现实完全隔离的平行世界，你会真心实意地心疼不已。诡异的世界就是如此。

第四辑 东非

对面的桑给巴尔岛

到坦桑尼亚之前,我查了一下资料,确定了三个地方是应该去的。一个是首都达累斯萨拉姆,一个是野生动物园的入口城市阿鲁沙和乞力马扎罗山,一个是桑给巴尔岛。

前两个地方都去了,达市待了好多天,阿鲁沙是进出野生动物园时都停留了的,乞力马扎罗的山脚也待了一会儿,还想了一会儿海明威。算是到此一游了。但桑给巴尔岛没能去成,因为参观游览的项目被邀请方安排得很密集,没时间去了。

坦桑尼亚其实是一个组合,是坦噶尼喀和桑给巴尔联合的产物。桑给巴尔原是非洲的一个独立的国家,1964年和坦噶尼喀并在一起,叫作坦桑尼亚。桑给巴尔由二十多个小岛组成,以出产丁香闻名世界。桑尼巴尔岛据说是世界上最美的海岛之一,岛上景观特色和人文风格是非洲传统黑人文化、伊斯兰文化及印度文化的混合物,非常迷人。

从达市的海边就可以眺望桑给巴尔。在达市的时候,我好几次到了海边,也就是说,我好几次眺望了桑岛。

在Sea Cliff Hotel，正是好天气（我是2011年8月去的东非，正值旱季，天天都是好天气，凉爽晴朗）。Sea Cliff Hotel是达市最著名的海边五星级酒店，大堂的一面墙壁上挂满了来此下榻过的各国政要和明星歌星的照片。我瞄了一下，看到了安吉妮娜·朱莉、奥普拉，以及日本皇太子德仁和太子妃雅子夫妇，等等。Sea Cliff Hotel是崖壁类的海岸，没有沙滩，海水拍打着崖壁，激起一层一层雪白的浪花。在这层雪白的上下，是湛蓝的天空和湛蓝的海水，天空中有雪白的云和浪花呼应，实在是美得不行。另外加上凉爽的海风，让人陶醉不已。我们的领队李沛曾在坦桑待过好几年，她眺望着远处的桑岛，说，哎，这里真不算什么，桑岛才真叫美呢。

在也是相当美丽的Golden Tulip Hotel和已经完工但还没能交付给业主的Bahari Beach Hotel（这个酒店暂时交不出去了，因为业主是卡扎菲的三儿子萨阿迪），在海边的白沙滩上转了一圈后，太美的海景让人有点瘫软，于是就坐在沙滩上发呆。李沛指着对面的桑岛又说，桑岛的海滩那才叫美呢，达市这边真比不上。不知道该怎么描述，反正呢，很多人都说，全世界最美的岛是桑给巴尔和马尔代夫。

这样反复地被语言勾引后，在我短暂的坦桑之行中，桑岛成了一个相当强烈的念想。我了解了一下：桑给巴尔岛在历史上先后被葡萄牙人、阿拉伯人和英国人统治，20世纪60年代独立且并入坦桑尼亚后，实际上是一国两制，保持着高度自治，外国人进入桑给巴尔岛都要查看护照并登记入境信息。桑给巴尔岛的经济好于大陆，石头城里有着大量精美的阿拉伯风格的建筑，桑岛的海滩更是一绝，美不胜收……

在坦桑的最后一天晚上，我们一行人到了达市海边的一个酒吧——"地中海"，是意大利人开的。酒吧就建在海边的沙地上，桌椅都是用船帮船板等改制的，仿佛浸透了海水的味道。黑色的海浪在不远处起伏，发出低低的呻吟。酒吧光线很暗，照明用的灯都是仿制的早期的煤气灯的样式，在昏黄的灯光下，无数的白纱幔帐在海风中飘荡着……这是一个气息特别迷幻的酒吧，把我一下子给击中了。我真有点恍惚了，突然有点前世的感觉。就在这时，李沛又指着对面已经隐没在黑暗中的桑岛说，哎，这次去不了，好可惜啊，桑岛那边的酒吧更美……

回国后没几天，看到一则新闻，9月9日晚上，一艘往返于达市和桑岛之间的额定600多人的渡轮，因为超载倾覆，有300多人遇难。在这个每天都充斥着灾难消息的时代，这则新闻以前在我也就是一掠而过，现在，它定格在我面前。我突然有一种别样的难过。我不知道我还会不会再去东非，如果还去的话，那一定是因为要去桑岛。

从达市飞往阿鲁沙

2011年8月的一天,我和同行友人从达累斯萨拉姆市飞往坦桑尼亚的北部行政首府阿鲁沙。

在此之前,我们已经在达累斯萨拉姆待了七八天了,惊奇已过,疲倦随之而来。作为坦桑尼亚的首都和第一大城市,一个发展中的大城市,达市有着一些跟世界上其他城市面貌类似的现代化的区域,也有殖民时代留下的怀旧气息浓厚的老式建筑,还有好些居住环境让人不忍目睹的贫民区。这些都在意料之中。街上也是意料之中的乱糟糟的模样,路不宽,车很多,大多都是日产车,据说这里是日产二手车最大的倾销地。路窄车多,于是堵车严重,停滞的车流之中,穿梭着许多小贩,拿着T恤、地图、CD封面、画报、瓶装水等各种玩意儿向车主们推销。也没见这些小贩背个包什么的,就手里能拿的几样东西。我猜他们是顺手批发几样东西,卖完了事,一天吃饭喝酒的钱就够了。听在坦桑的中国商人讲,不能给黑人雇工发月薪,只能发周薪。如果不是每天发薪太麻烦,对他们好的话,最好就是当天结账发薪。很多黑人天生没有细水长流这个概念，当然也没有储蓄这个概念，连月光族都不是，都是周光族、日光族。这个呢，放在当代社会的财务理念里说当然是很糟糕的事情，但换一个角度来说，非洲黑人似乎可以说有一种天生旷达的气息，天养活人，顺其自然，从生存哲学上讲是蛮高超的境界呢。

黑人天生运动协调性好，跟跳舞似的，一下蹦到这里，一下又蹦到那里，在车流中扑来荡去，满面笑容，很欢乐的样子。这倒是达市堵车过程中的一个乐趣，挺好看。我想起我在成都郊外遇到的那些车流中的小贩，一般来说，这些小贩不能在市区街道穿梭，城管要驱逐的，他们多在三环路以外，红灯前停一溜车，他们就从路边走过来做小买卖。有一个中年妇人，又黑又瘦，但面容淡定神情泰然，她在我进出主城区的天府大道上已经出没十年了，只卖两样东西，一是黄果兰花串，一是驾驶证外壳。每次我看到她就想，她为什么不开发点其他的小商品呢？两个原因吧，一是顾客不需要，停在路上的这些顾客只需要那两样东西；再就是这两样东西足够她谋生糊口了，她欲望不高，不需要扩大经营规模。每次我看到她就想，人若只想简单地活着，也是挺简单的事情。跟黑人不一样的是，她斜挎了一个大包，估计里面是她的货品。中国人毕竟是勤劳肯干的。

在飞阿鲁沙的一个小时的航程中，我们看到了乞力马扎罗雪山在云端之上的峰顶。乞力马扎罗峰顶平时基本上被云雾遮挡着，鲜有露面的时候，在地面看到的机会很少。据说这是很难得的，按非洲的风俗，看到的人很有福。这个时候，自然会想起海明威那篇著名的短篇小说《乞力马扎罗的雪》,"……他们不是往阿鲁沙方向飞,而是转向左方,很显然,他揣想他们的燃料足够了,往下看,他见到一片像筛子里筛落下来的粉红色的云,正掠过大地,从空中看去,却像是突然出现的暴风雪的第一阵飞雪,他知道那是蝗虫从南方飞来了。接着他们爬高,似乎他们是往东方飞,接着天色晦暗,他们碰上了一场暴风雨,大雨如注,仿佛穿过一道瀑布似的,接着他们穿出水帘,康普顿转过头来,咧嘴笑着,一面用手指着,于是在前方,极目所见,他看到,像整个世界那样宽广无垠,在阳光下显得那么高耸、宏大,而且白得令人不能置信,那是乞力马扎罗山的方形的山巅。于是我明白,那儿就是他现在要飞去的地方。……"

我在飞机上看到的,就是这个景象:方形的雪白的巨大的峰顶,腰间缠绕着白色的云裙。乞力马扎罗的峰顶从云中冒出来的那一刻,机舱内一片欢腾。我发现,我的第一个反应不是风景本身带来的感觉,而是海明威的小说。在我,是有这个问题,那就是没有经过文字梳理过的自然景象,在我就有点隔膜,而一个地方,无论多么遥远和荒凉,只要从文字的浸泡中拎出来,它们就有了湿润美妙的气息。非洲之行,有两个人的文字是穿透了并掌控了我的,我在这两个人的文字中埋下头又抬起头,嘀嘀咕咕,东张西望。这两个人都是我青春期阅读中的重头人物,一个是海明威,一个卡伦·布里克森。我是一个文字控,或者说是一个书呆子,真是这样的。

马赛人的部落

马赛人是东非的标志族群。以前看非洲木雕的那些图片，就知道一般都是以马赛人为模特，小头长颈厚唇垂耳。2010年8月，我去了一趟东非。去东非之前，所做的功课之一就是查阅马赛人的资料，因为这趟旅行会去野生动物园。到野生动物园，就会去马赛人的村庄参观游览一番，这是例行安排。

我是从坦桑尼亚的阿鲁沙进入野生动物园的。第一天在丛林和草原转了一整天，把各种典型的非洲草原动物诸如大象、狮子、狒狒、斑马什么的看个够之后，第二天的游览重点就是马赛人的村落。我们一行的司机是一个叫作杰夫的黑人帅哥，一看就很机灵。他告诉我们，第二天要早起，得开两个多小时的车去一个马赛部落。会那么远吗？大家疑惑。我们的领队是非洲通，她觉得这个杰夫肯定是跟一个马赛部落有勾连，好拿回扣，于是坚持就近去一个马赛村庄。杰夫让步了，第二天出发，果然没走一会儿就到了一个马赛村庄。

马赛人是东非知名度最高的游牧民族，主要分布在坦桑尼亚和肯尼亚的草原上。他们至今仍保留严格的部落制度，每个部落由部落首领和长老会议负责管理。说是马赛男子的成年礼是要猎一头狮子，所以东非人说，马赛人是真正的草原之王，狮子也怕他们，远远看到马赛人的身影拔腿就跑。但其实除了典礼祭祀之外，马赛人平时是不狩猎的，是野生动物园的天然捍卫者。他们以几十座圆顶棚屋围一个圆，形成村庄，饲养牛羊，食物是肉和奶，饮料是鲜牛血。现在的马赛人更是不狩猎了，他们每天都盛装打扮，等着一拨一拨的游客来到他们的村庄参观，不劳不作，衣食无忧。

我们去的时候，刚下车，一大堆马赛男人就拥出了村口，领头负责接洽的一个马赛人会说英语，极英俊，眼眸如星。在英俊领班的指挥下，一大群梳小辫的马赛男人和一大群光头的马赛女人，先是吆三喝四地唱了歌跳了舞，懒洋洋的，一点不敬业，标准的旅游景点的表演做派。然后，英俊领班就指挥人马分成几组人，把我们一行六人给各自带进棚屋参观。房屋是泥糊木结构的，门和屋顶都非常低矮，成人弯腰进去后不能直身，只能席地而坐。有亮瓦一样的东西在屋顶上，由此采光。我跟的就是英俊领班那一组，他坐下后就开始讲马赛人的生活习惯和部族特点，很有宣传意识。我问他多大，他说他22岁，25岁时就会离开这个村庄，自立门户。现在这个村庄有1个父亲，24个母亲，其他上百个人都是他们的孩子。英俊领队随后带我们来到环形村庄的中央广场，那里有很多木桩木架，上面搭满了五颜六色的项链手镯，都是塑料珠子串的，很廉价的东西，没意思。英俊领班缠着我们买，正不得解脱，村人们呼啸而出，原来是一大队白人游客到了。英俊领班看来了大生意，这才放过我们几个人跑开了。

现代文明的渗透是必然的，现在的马赛人已经跟以前差别甚大。他们还有不少人进了城市，据说主要是当保安。马赛人当保安特别合适，他们就是以极高的忍耐力和极强的战斗力闻名于世的。在达累斯萨拉姆和内罗毕的街头，我都看到过马赛人。他们很好辨认，极高的个头（普遍在1米9上下，接近和超过2米的也不算稀罕），乌木般的亚光的黑皮肤，小脑袋，宽肩膀，还有极细极长的腿。这样的身材是天生的衣架子，标准的超模身材，但他们不穿时装，清一色地披着叫作"束卡"的红底黑条的两块布，一条围在下身，一条斜披在肩上，手里拿着一根一头圆另一头是矛尖的长棍。他们的腿看上去很惊险，那么细，怎么支撑那么高的身材？但据说就是这种火柴棍一样的细长腿，使得马赛人有着惊人的弹跳力。在马赛人的村庄里，我看过他们弹跳是怎么个惊人法。一说跳，没有助跑原地起跳，嗖的一下就弹至游客的头顶之上，很是骇异。至于说那支长棍，我在达市和内罗毕的街头见到的马赛人也同样拿着这种狩猎用的工具。据说，这是坦桑尼亚政府和肯尼亚政府特许的。当地黑人说，那根长棍是马赛人身体的一部分，没有那根棍子，他们就要抓狂。

在非洲的一出一进

在非洲的时候和离开非洲之后，我都在想，赞比亚是个什么样的国家呢？2011年8月的非洲之行，赞比亚是其中一站，可我对之几乎没有什么印象。

进去的时候就很不愉快。

离开坦桑尼亚的时候就出了点问题。说我们的机票有问题，不是联票，中间断了，所以不让我们出境去其他国家。怎么个联票法呢？说是得北京—达累斯萨拉姆—卢萨卡—内罗毕—北京，机票得这样联上才行，而我们的机票是北京—达累斯萨拉姆，然后是内罗毕—北京。东非三国（坦桑尼亚、乌干达、肯尼亚）一向是持有任何一个国家的签证后，其他国家落地签。我们去的那趟，乌干达突然取消落地签，办签证来不及，进不去了。而我们有赞比亚的签证，也不让我们进去，居然卡在这个所谓的联票上面。

坦桑海关的官员傲慢地告诉我们：怎么办？从哪儿来回哪儿去，你们这就离开坦桑回中国去。

一行人面面相觑。领队是非洲通，安慰我们不要着急，她想办法。

她想什么办法呢？她掏出一百美元，夹进了护照里，想趁机塞给海关官员。我在旁边看着还是挺紧张的，这行吗？！领队半天都没机会把钱递出去，因为一个印度人也遇到同样的问题，他急坏了，贴身紧逼海关官员不肯离开半步，不停地比画着双手叫屈。眼见这个海关官员宣布要换班了，我们登机的时间也临近了，领队真有点急了，叫过那个印度人，把钱给他看。印度人懂了，直接走到海关官员面前，问：How much？黑人一听就急了，一挥手就把他扒拉到一边去了。

一百美元终于找机会递出去了，我们也到了登机口。半天回不过神来：这么腐败！这么腐败！同航班的一胖大白人见我们进来了，把拇指和食指合拢捏了捏，"Money？"领队苦笑着点点头。白人讥讽地笑了，嘟囔了两句，我听到了，他第一句说：这就是非洲。第二句说：中国人都这样。

是啊，中国人习惯这样，花钱省麻烦。之前我们在坦桑尼亚就听说了。非洲好些国家的很多机构，不光是海关，都喜欢刁难一下中国人，反正中国人现在有钱，一般来说为了省心，掏钱摆平了事。他们一般情况下不敢随意刁难别人，白人就不说了，日本人和韩国人都不好惹，你随意刁难一下试试？非得闹得鸡飞狗跳不可。

我很理解我们的领队。她能怎么办？对此陋习她深恶痛绝，但遇到了也无能为力。这一行人是被邀请来非洲的，行程都安排好了，一环扣一环，耽搁不得。她在这里较真，会直接导致后面的一堆麻烦。

郁闷地出了坦桑，深夜抵达赞比亚首都卢萨卡。又被卡住了——不让我们出去。我们的接待人填的是朋友。赞比亚海关说，那等你们的朋友来了再说。等了好一阵，来接机的华人朋友终于到了。这位华人朋友在赞比亚经商多年，上上下下人脉很广。赞比亚海关官员一见她，就说，哦，是您的朋友啊，早说呀。好说好说。我们那位华人朋友一边打着哈哈，一边往几个海关官员手里塞钱。这才把我们接出来。

对赞比亚没了好气，也没了什么观光的兴致，我们一行人在卢萨卡匆匆待了两天，看了该看的几处地方，大家一致决定不待了，走。下一站是肯尼亚。

在卢萨卡机场的肯尼亚航空的专柜前，顿时就有了好感。作为目前最好的东非旅游国家，肯尼亚窗口行业的素质真不一样。肯航的工作人员礼仪周全，一张蜜糖般瓷实的脸笑得开花开朵的。我顺利地办完手续，走到一边，见刚在另外一边的柜台办手续的同行朋友气呼呼的，问怎么回事？朋友说，太讨厌了，太腐败了，居然直接找我要人民币，问了好几次呢，反正我不懂英语，我装没听见，他也没办法，就让我过来了。我纳闷：不会吧？！突然反应过来：嗨，你听错了，他是确认你是不是去内罗毕，不是找你要人民币。朋友哑然失笑，大家哄堂大笑。原来坦桑和赞比亚的一出一进，真是受了刺激，落下后遗症了。

东非的漆画和花布

大象、犀牛、斑马、长颈鹿、蓝天、白云、草滩、森林……所有的景象一视同仁地没有景深层次地安排在一个画面上，就像一个孩子面对画纸，想到什么就画上什么；色彩是尽可能地绚烂，直接把调色盘铺开，红绿蓝黄紫，把各种纯色尽情地堆砌在一起……

这是我在坦桑尼亚看到的民间油漆画的观感。不是油画，是油漆画，用的颜料是油漆。这种画叫作TINGA TINGA。

2011年8月，我去了一趟东非。在坦桑尼亚首都达累斯萨拉姆的时候，当地华人朋友陪着去了一下TINGA TINGA市场。那个市场是达市好多个这种非洲画市场的一个，在海边使馆区附近。走进市场，就有好些个黑人小伙子迎出来热情邀约进去看看。其实，他们每个画廊的门口已经摆满了TINGA TINGA。我在门口转了一圈后，又进了几家画廊去看了看。就是卖菜画的那种卖法，从地上到天花板，重重叠叠堆满了画，有加了框的，还有更多的就是卷在那里。问了问价格，也是菜画的价格，60cm见方的一幅画，喊价是25美元左右。

所谓菜画,在一般的概念里就是画匠成批制作出来的东西,不具备艺术家创作的唯一性和独特性。从这个角度来讲,TINGA TINGA是这样的东西,他们那些画廊的门口,就坐着画匠们,在太阳底下按照图样制作着一幅一幅的画。

但就作品本身来说,这些TINGA TINGA,对于与之完全不同的文化背景和审美习惯的外国人来说,它们就具有艺术品所具备的唯一性和独特性了。撒哈拉沙漠以南的非洲被称作黑非洲,这是一个色彩十分鲜明十分饱和的地区,大自然所呈现出来的色彩本身就十分单纯且浓烈——蓝天、白云、红土、绿树,还有黑人自己黝黑的皮肤。因为地处热带,没有春夏秋冬之分,只有旱季雨季之分,所以,自然的景观并没有明显的变化,所以,在非洲人眼里的色彩世界就是这么分明且纯粹。这一点,也许是他们的绘画作品特别直观但同时特别抽象的一个原因吧。

直观的,同时又是抽象,进而有一种幻觉意味,有一种超现实意味。对世界绘画史有所了解的人都知道,非洲艺术对世界绘画前沿的那些大师们的影响是很大的。我在达市的那个TINGA TINGA市场,特别拍了几幅动物题材的画。我喜欢那种孩子似的天真烂漫的表达,但我没有买一幅TINGA TINGA,原因有二。第一,若把这些画挂在我家墙上,相比我家的风格来说,它们会是突兀的,显得扎眼怪异。它们就是属于非洲的,在那个环境里才会相得益彰。第二个原因是这些画的油漆颜料气味太大了,很难闻。第二个原因是最要紧的一个原因。

在东非的坦桑尼亚、赞比亚和肯尼亚，每一个游客去逛的市场，主要的货品就是木雕和印花棉布。

我是花布控。一看到花布就走不动路，但凡旅游，无论国内国外，每次带回家的东西最多的就是布——桌布、围巾、床单什么的。

东非的印花棉布有一个斯瓦西里语的词汇，叫作Kanga。Kanga的作用在东非主要用于服装，说非洲女人"穿衣三块布"，腰间围一块，上身披一块，头上包一块，这些布就是Kanga，算是她们的传统服装吧。这些穿Kanga的女人，我在东非见过很多，她们从头到脚一般都用的是同一种Kanga，倒也简单，不存在搭配的问题。这些Kanga，大多是色彩艳丽的大图案花布，所以，这些女人走在蓝天白云之下，效果是相当浓烈的，跟热带的气氛很匹配。这些女人很多头上还顶着一个巨大的盆、篮子和包裹之类的东西，手不扶物，悠闲笃定地走着，像一棵开着大花有着巨冠的树在行走。

翻看《纺织史》（纺织品研究学者、英国曼彻斯特大学惠特纺织品馆馆长Jennifer Harris主编），里面有一段谈到非洲东部和东南沿海地区的织物。说是这个地区自葡萄牙贸易统治时期开始，就开始由国外进口纺织品。随着印花棉布的大量进口，逐渐把非洲东部、东南沿海地区和近海岛屿，以及印度洋沿岸和波斯湾的各个港口连在一起，形成了一个巨大的贸易网络。随着这些国外印花棉布的大量流入，非洲东部和东南沿海地区也开始大量设计生产印花棉布了。也正因为如此，东非花布在黑人传统风格的基础上，渗透掺杂了很多的阿拉伯元素和印巴元素。

在坦桑尼亚，中国早年援建的友谊纺织厂，现在已经是江苏省常州市控股的股份制企业。这家厂专门生产Kanga，市场主要就在东非，供不应求。我在友谊纺织厂参观访问的时候，听中方负责人的介绍，才知道我所以为的东非花布都叫Kanga的概念，严格来说是不对的。所谓Kanga，指的是完整图案的一幅花布，而连续图案的花布，其实应该叫作Kitenge。不过，一般人都统称为Kanga。

在东非，我买了一堆布回家，围巾居多。另外，买了传统的马赛布（非洲土著马赛人围在身上的那块大布，一般都是红色细条纹），还买了几幅Kanga，有两幅严格说来是Kitenge的非洲花布，一回家就被我铺到了餐桌和茶几上。这两张布是我特别喜欢的，完全可以当画来看。铺在餐桌上的那一幅，在格状底纹上有同为深蓝色的盛盘葡萄图案，色调古雅，图案也很标致，繁复中透出一种清简，跟我们中国的青花有异曲同工之妙。另外一幅我铺在客厅茶几上，是典型的热带雨林风情，深蓝底上密布红花绿叶和起间隔作用的深褐和浅褐的花卉枝叶，看上去就热情就饱满就欢乐就鲜美多汁。这幅花布让我想起了东非的杧果汁，那真是至尊美味，已经成为我以后有机会再去东非的一个重要理由。

卡伦庄园

去东非,肯尼亚是一定要去的;去肯尼亚,首都内罗毕是一定会去的;去内罗毕,有一个地方,不见得人人感兴趣,但我非常感兴趣,很想去看看。这个地方就是丹麦女作家卡伦·布里克森的故居。2011年8月,我去了一趟东非,在几个国家转悠了20天。到了内罗毕的第二天,就去了卡伦故居。如愿以偿。

当年,看电影《走出非洲》,两个细节让我相当心仪。一是罗伯特·雷德福端着水罐为梅丽尔·斯特里普冲洗头发,梅丽尔幸福地仰头大笑。背景是非洲旱季金黄的原野。再一个就是罗伯特驾驶飞机,带着梅丽尔翱翔在阳光中,两人的手在隔离板的上端交握在一起。这一段,因航拍的缘故,更是把非洲原野的美景给展示了一个够。何况,还有音乐的悠远动情,那是已成经典的《走出非洲》主题曲。

爱情如此温存和豪迈,爱情的发生地又是如此的绚丽迫人。这部电影对于当年年轻的我来说,其冲击和浸透有多强烈和深刻,自然不必多说。因为这部电影,我去找了原著来看,然后知道了卡伦·布里克森这个丹麦女作家，她也从此成为我的一个情结作家。也知道了罗伯特饰演的那个人物的原型叫丹尼斯，是卡伦的情人，早年非洲殖民者圈内著名的浪子和勇士。

卡伦·布里克森，自传体小说《走出非洲》的作者。海明威当年在诺奖的领奖台上说，这个奖，应该颁给"伊萨克·狄内森"。伊萨克·狄内森就是卡伦的笔名。那个年代，跟"乔治·桑"一样，为了在图书市场上把书卖出去，女作家常常得取个男性化的笔名，卡伦也是如此。海明威对卡伦的敬仰，一方面源于对她作品的欣赏。早在《走出非洲》之前，卡伦就有《七个奇幻故事》之类的以非洲为背景的作品发表出版，恰逢20世纪30年代西方对于非洲的猎奇热，于是名噪一时；另一方面，海明威跟卡伦的私交很好，在非洲期间，他跟卡伦及其丈夫布里克森男爵、情人丹尼斯·芬奇·哈顿都有密切的交往。

1985年，根据《走出非洲》改编的同名电影公映，由梅丽尔·斯特里普和罗伯特·雷德福主演。这部电影得了奥斯卡一堆奖，成为全球文艺女人的一部宝典之作和情结之作，从而也将卡伦·布里克森从文学爱好者的关注范围带入了公众关注的范围。肯尼亚是东非最好的旅游国家，自然会借力这部电影，他们把原有的卡伦故居弄成了博物馆——"KAREN BLIXEN MUSEUM"，让它成为内罗毕一处重要的人文景点。

卡伦故居在内罗毕的郊区。这个区因她的盛名，叫作卡伦区。这是一座占地面积相当广阔的庄园，偌大的草坪周围，是茂密的灌木丛和次生树林。草坪中间，是一栋看上去相对来说娇小紧凑的平房宅子。里面大概有七八个房间，分别有餐厅、书房、起居室和卡伦夫妇各自的卧室。厨房位于旁边的偏房里，与主宅之间由短廊连通。就是这所房子，当年是英美各路前往非洲参加"萨伐旅"（safari，豪华狩猎旅行）的上层冒险人士们经常造访的地方，威尔士亲王曾经在这里出席过卡伦主持的家宴，介绍人就是与威尔士亲王私交甚笃的丹尼斯。

关于20世纪上半叶肯尼亚上层社交圈的那些故事，后来我还读到了另外一本相当优质的书：《夜航西飞》。

2011年夏天的东非之行，我明显感觉到肯尼亚的旅游资源更为丰富且完善，这跟20世纪前叶的英国殖民有很大的关系。在西方的文艺著作中，频频出现内罗毕、蒙巴萨、纳库鲁这些肯尼亚的重要城市的名字，还有那些著名的大自然资源，比如乞力马扎罗山、东非大裂谷、安博塞利国家公园等。我在肯尼亚旅行时，实地造访这些曾经在书中反复读过的名字，那种由阅读而起的连绵的记忆就被激活了。

《夜航西飞》这本书，我是在东非旅行之后读到的。书里的主人公，奇女子柏瑞尔·马卡姆以前是在我们的视野之外的。有时间的原因，有空间的原因，也有运气的原因。她人生的华彩段落发生在20世纪二三十年代，距今可算遥远；她故事的背景地是东部非洲，地点堪称偏僻；而她一生中唯一的这本书《夜航西飞》，首版于战火炽烈的二战期间，人们对浪漫猎奇的非洲故事已经不再关注,此谓时运不济。半个世纪后的20世纪末,《夜航西飞》重新回到书界并引发关注,再10年,此书才进入了中国书界。

从推广角度来说,这种背景的书,得靠其他具有公众知名度的因素来提携它,让它进入公众视野。所以,有一些人物围绕着这本书,他们是海明威、圣埃克絮佩里、卡伦·布里克森、布里克森男爵、丹尼斯·芬奇·哈顿、丘吉尔……这些人,都是柏瑞尔在非洲时期的故交。海明威和圣埃克絮佩里的鼓励和赞赏,在一定程度上促成了这本书的诞生,布里克森男爵、丹尼斯·芬奇·哈顿则是书中的重要人物。在此之前,布里克森男爵和丹尼斯·芬奇·哈顿在卡伦·布里克森的《走出非洲》中就是两位男主角,分别是卡伦的丈夫和情人。

虽然有这么多重头角色围绕着这本书,但只要读完这本书就会发现,柏瑞尔·马卡姆这个女人的非凡、神奇、诗意的孤独和无与伦比的勇气,足以让这本书熠熠生辉。

不得不说,还有美貌。柏瑞尔·马卡姆的容貌拥有一种特别的冷艳,很像葛丽泰·嘉宝。

序言作者玛莎·盖尔霍恩对柏瑞尔的夸赞是十分充分的。了解海明威情史的读者都知道这个玛莎·盖尔霍恩是个何等厉害的角色。她是海明威的第三任妻子。海明威结婚四次,跟海明威的其他三任妻子不同的是,玛莎是一个跟海明威同等质地的人,非常的独立和强悍。他们当初的结合,被称为是"韧钢和打火石的结合"。他们五年的婚姻,以玛莎抛弃海明威为结局,这让海明威终生耿耿于怀,也让这对曾经的爱侣成了一对坚定不移地诅咒和谩骂彼此的仇人。

从另一个角度来说,能让玛莎·盖尔霍恩折服的女人,必然不同凡响。柏瑞尔就是这样的一个女人。这个从四岁开始就在非洲草原上跟土著人一起打猎成长的英国女人,是最顶尖的驯马师,也是最顶尖的飞行员。她的视线、爱好、性格、思维方式和行动力,都在一般意义上的女性概念之外,让人叹服不已。

但是,《夜航西飞》这本回忆录,无法全面满足读者对其生平的了解愿望。柏瑞尔四岁跟着父亲离开英国来到非洲,一生结婚三次,还生了一个儿子。但是,我们在《夜航西飞》里,读不到她的母亲、她的婚姻、她的儿子,我们无法读到她在马背和驾驶舱外的那一面。我在读完之后把这本书的角色顺了一遍,我发现,她的眼睛不看女人,不看失败或者稚弱的男性,她的眼睛只盯着勇敢的强悍的悲壮的父兄般的男人——她的父亲、她的飞行领路人、她勇敢的非洲仆人、非凡的骄傲的丹尼斯·芬奇·哈顿和无畏的有趣的布里克森男爵……她写她的马、她的飞机、她的狗,其实也带着对其勇敢强悍这一品质的爱慕。这是贯穿柏瑞尔一生的最高价值评判,其他的,于她来说是等而下之的吧,不必提及。

这么说来,《夜航西飞》是一本坚硬干燥的书吗?恰恰相反,这本书的气息非常湿润幽微,内心景观的呈现和外部景观的呈现都十分细腻出色。有很多绝妙的比喻,也有很多别致的表达。这是一部无论从哪个角度来说都非常具有文学色彩的回忆录,其文笔的熟练、精准和优美,让这本书读来如饮琼浆。

这就说到关于这本书的一个最大的争议点上去了。这本书是柏瑞尔自己写的吗?玛莎·盖尔霍恩在序言中评价说:"对第一本(也是最后一本)书来说,它文学气息浓郁的遣词造句令人惊讶。绝大多数时候,这种风格很奏效,有时很悦目,有时则甜得发腻。温柔的语句掩盖了严峻的事实,来之不易的成就,以及危险坎坷的人生。你必须透过字句领会其后的危险和艰难。"在这段评价的前面,玛莎·盖尔霍恩讲述她拜访柏瑞尔的一个细节。她说,柏瑞尔的家里没有书。也就是说,她不仅在其成长过程中没有受过系统的教育,同时,她也不是一个通过阅读来自学的人。

玛莎·盖尔霍恩在其序言中含蓄表达了她对柏瑞尔是否是《夜航西飞》执笔者的疑问。中文译者陶立夏在后记中也透露说,有一个疑问一直无法解答:这本书的执笔者会不会是柏瑞尔的第三任丈夫、作家拉乌尔·舒马赫?而这本书就是在这段婚姻中诞生并在拉乌尔·舒马赫的大力推荐下出版的。

我倾向于柏瑞尔不是这本书的执笔者这个看法。像柏瑞尔这种拥有高强度的心灵力量的人,她与这个世界之间的沟通,用的是一种超越语言和文字的灵性的对话方式。她是真正的自然之子,拥有凡夫俗子不能体会的神奇人生和壮阔心灵。反过来说,这样的人也就不会像一个受过充分的文字训练的人那样,如此熟练精到地运用文字这个工具。但是,这些故事是柏瑞尔自己的故事,这些成就是柏瑞尔自己的成就,她看出去的一切,天空、草原、英雄男人,都是她的眼睛看到的；她与之战斗过的狮子、大象、疣猪，也是柏瑞尔自己的经历。而夜航中长久的孤独、伴随始终的危险，以及永不放弃的勇气，都是柏瑞尔自己体味并拥有的。所以，不管此书是谁执笔，或者是谁润色，柏瑞尔·马卡姆的确是《夜航西飞》这部奇书的真正的作者。

回到肯尼亚卡伦庄园。

以前看卡伦的生平，知道她出生在丹麦的贵族家庭，从小就喜欢音乐绘画。这次在卡伦故居，才第一次看到她的画。两张画都是人物肖像油画，看得出来卡伦受过相当良好的绘画训练，色调沉稳，笔触老练且优雅。

特别有意思的是了解到这两幅肖像画背后的故事。这两个人，一个是她的黑人女仆，一个是她的黑人男仆的儿子。这个女仆很小就跟着她，卡伦欣赏她的美丽和可爱，不仅为她作画，还在这个女仆出嫁的时候像母亲一样给了她一笔丰厚的嫁妆。男孩子的故事更传奇，这个男仆的儿子从小跟随父亲生活在卡伦的庄园里，因天资聪颖、品性纯良，深得卡伦的宠爱。卡伦送他上学，让他受到了良好的教育。这个人长大以后，离开肯尼亚到了索马里，成为索马里的第一位黑人法官。1984年，在《走出非洲》这部电影全球公映之前，他因部族纷乱意外丧命。

在不能拍照的卡伦的起居室里，我看到另外一幅画。那幅画是她的母亲从丹麦到肯尼亚来看望她的时候给她带来的。不知道是哪位画家的作品，画面是海与海上的一艘船。据说她母亲万里迢迢带一幅画到肯尼亚，就是为了鼓励女儿不要放下画笔。但后面的故事却是这样：卡伦身染顽疾，咖啡农场经营失败，在与丈夫离婚后，深爱的情人因飞机失事身亡。在非洲度过了20年后，卡伦终于离开了肯尼亚，走出非洲，回到丹麦，放下画笔，拿起钢笔，成为一个著名的作家。

当时，我在卡伦故居后门的那张石凳上坐了好一会儿。据说，从这里可以眺望丹尼斯飞机失事的那个山坡。她经常坐在这里抽烟，眺望着那个永失挚爱的地方。终于，她受不了这个伤心地，受不了非洲了，于是黯然转身，走出非洲。看一些资料考证说，1931年丹尼斯飞机失事时，其实与卡伦的关系已经出现了难以弥合的裂痕。卡伦与丈夫离婚后，在当地社交圈里的处境相当尴尬，而交往了十几年的情人丹尼斯又不愿与她结婚，让卡伦相当郁闷。其时，咖啡农场生意破落，难以为继，加上情感上又无法落脚生根，卡伦已经决意离开非洲，就在这个时候，丹尼斯飞机失事魂归蓝天。这段爱情可以说是被丹尼斯的死亡拯救了，定格了。丹尼斯去世后几个月，卡伦回到丹麦，在痛苦和思念中写下了传世之作《走出非洲》。

肯尼亚相当珍爱卡伦故居这处宝地，既是维护历史传统，又是维护旅游资源。整个故居非常干净且幽静，房间里的家具家什都是文物，游客进入室内参观是不能拍照的。按说，卡伦是肯尼亚被殖民历史上白人统治阶层中的一位人物，是一个需要掩盖和回避的人物（这是我们都很熟悉的一种历史观和思维方式），但因其经营咖啡农场，对当地经济发展有过贡献，又与众多黑人雇工关系良好，所以，肯尼亚把她当成自己的一个重要历史人物加以隆重纪念。肯尼亚对待历史的这份大气和客观让我尊敬。

第五辑 土耳其

从《伊斯坦布尔》到伊斯坦布尔

我想,我是被帕慕克的《伊斯坦布尔》这本书给下了蛊了。

我第一次看《伊斯坦布尔》时,是2007年的晚夏,我当时的读书笔记里这样写道:"……乌云沉沉,疾风阵阵,远处有雷声。暴风雨前的风有一种寒气,透过脚尖往上走。空气里一种腥甜的味道。天的另一边,最后几朵亮云与乌云遥遥相对。一只黑色的鸟低飞过去,掠过白色月季的枝头,飞走了。一时间,鸟叫声四起,其声颇为自得。我收回眼光继续读书。帕慕克描述他黑白的伊斯坦布尔,那些在冬天的傍晚时分裹着黑色大衣、穿过年久失修斑驳暗淡的街道回家的人们,那些在寒风中颤抖的枯枝,那些凝固在伊斯坦布尔上空挥之不去的排山倒海的忧伤……这不是一种简单的容易被稀释的怀旧,而是一种宿命般的生存现实和内心现实。帕慕克不动的、反复的、持续的凝视,底片似的影像储存,呈现出来一个极富魅力的旧日帝国斜阳映照下的古城,其要素就是黑白两色,里面蕴涵着'呼愁'(土耳其特有的说法,意谓集体忧伤)、雪、一个被称为废墟之城的城市那完美的天际线。"

这本书我通读过两遍,后来又断断续续地翻过好些片段。翻到后面,我感觉我就要去伊斯坦布尔了。

2012年6月,我去了伊斯坦布尔!

行前数年,只要提到伊斯坦布尔,就有一番幻想,虽然那时我不知道我什么时候能去;行前数月,确定了即将去往伊斯坦布尔,只要有空,我就会做一点关于这个城市的功课,伴随着一点激动;行前数天,只要想到过几天就会踏上伊斯坦布尔的街道,幻想和激动突然都没有了,有一种迷幻的沉醉。

这种沉醉,我认为是现实与想象之间那个夹缝特有的,狭窄、黏稠,同时又短暂、稀薄。这种沉醉,首先是由几个词汇组成的,拜占庭、君士坦丁堡、伊斯坦布尔;东罗马帝国、奥斯曼帝国、土耳其共和国……漫长的历史和所有在时间中沉积发酵的故事,最终都因为词汇的确定而加以凝固,但对于我来说最重要的沉醉来源还是《伊斯坦布尔》这本书。我是文字崇拜者,很多的情感和情结都由文字而生发、延展进而固定。

金角湾与斑斓

帕慕克在《伊斯坦布尔》里说:"若是冬天,走在加拉塔桥上的每个人都穿同样淆淡的茶色衣服。我那时代的伊斯坦布尔人已避免穿他们荣耀的祖先们穿的艳红、翠绿和鲜橘色。"

我是夏天走在加拉塔桥上的。桥上的人们穿着鲜艳,配合着艳阳蓝天,要是仔细一点去寻找,艳红、翠绿和鲜橘色,都是有的。

如果有人要说,你说的是夏天,帕慕克说的是冬天,两者不能搁在一起说。那么我要说,千万不要太相信一个作家看出去的风景,那一定是主观的,他事先带有一个自己的滤镜,比如帕慕克所携带的黑白或茶色滤镜,于是,所有的景和人就都成了他要的颜色。

加拉塔大桥是伊斯坦布尔金角湾上的一座跨海大桥。这是一个有趣的地方,桥上站满了钓鱼的人。这些钓鱼的人一般都是男人,各个年龄段的都有,他们那长长的渔竿从桥栏杆处伸展出去,长长的钓线没入深蓝的海水中。因为人多,成规模,许多的钓线在夕阳的余晖里熠熠闪光,颇为壮观。他们的脸也浸在晚霞中,有一种金属般的质感。

我和同行的朋友在加拉塔大桥上来回了好几次，恰好都在黄昏时分，除了看伊斯坦布尔著名的落日之外，眼睛就一直停在这些钓鱼的人身上。我们给他们拍照，他们如果意识到背后有镜头，就转过脸来给一个微笑。我回国后整理照片，发现拍了好些这样的笑脸。

在跨海大桥上钓鱼的男人，有的是独自一个人，有的是父亲带着儿子，有的是一家人，还有的是情侣或小夫妻。我看到一对或许是夫妻或许是情侣的年轻人，男孩入神地盯着海面，女孩背靠着男孩在小马扎上坐着，嘟着嘴，一脸不悦。估计是女孩催男孩走啦看电影啦逛商场啦什么的，男孩不理会。

钓上来的鱼都不大，银白色，瘦长条，半尺左右。我不知道那是什么鱼。依稀记得帕慕克在《纯真博物馆》里提到过。回国后重新翻书，的确如此，他在那本厚厚的小说里写过，在加拉塔大桥上钓鱼的人们，把钓上来的竹荚鱼拿回家去烤了吃。

哦，那是竹荚鱼。

也许就是要跟帕慕克的黑白基调开个玩笑，伊斯坦布尔给了我一个鲜艳到炫目的场景：香料市场。

金角湾码头边上，就是著名的香料市场。现在这个市场还被当地人叫作"埃及市场"，它建于1664年，位于金角湾加拉塔大桥起点处，紧邻新清真寺。之所以现在还冠以"埃及"之名，是因为香料的鼻祖是埃及人，这个市场是埃及人创立的，后来温和的埃及人被强悍的奥斯曼人给打跑了。而也就是香料这个东西，则让人一下子联想到那些古老的年代里十字军东征等多次大规模的征伐行动，焦点就在于争夺香料上。在古代，香料比黄金还贵。很多个世纪以来，在这个市场里，阿拉伯的香料和中国的瓷器、印度的象牙、欧洲的玻璃制品等形成了一个以物易物的流通世界，吸引了全世界的冒险家和商人前来交易和发财。

差不多是2003年，有一部希腊出品的电影叫作《香料共和国》，美食电影。影片主人公是一位从小生活在伊斯坦布尔的希腊人，小时候就跟着好吃会吃的爷爷尝遍了当地美食，并与一位土耳其小姑娘青梅竹马，情感甚笃。之后，土耳其政局发生变化，主人公和家人一并被驱逐回希腊，中年以后，这位希腊-土耳其人受不了味蕾的乡愁之苦，毅然返回土耳其，在重新品尝儿时记忆里的美食中去回忆童年往事，回忆早已无影无踪的爱情。

我对这部很早以前看过的电影，印象比较深的就是里面有各种香料。这部片子里还有一句很有名的台词，"世界上只有两种人：看地图的人和看镜子的人，看地图的人将要远行，而看镜子的人准备回家。"

香料市场进去时，首先的感官刺激是气味。那是一种浓黏到几乎凝固的气味，已经不是简单的香了，就只是无法分辨的浓郁。那些香料一般都碾压成粉，加上标签上的字一个都不认识，所以完全蒙查查，不知究竟。回国后查了一下资料，说是土耳其香料一般有——肉桂、茴香、豆蔻、胡椒、牛至、生姜、茭蒿、薄荷、麝香……好像还有九层塔、欧芹、百里香、迷迭香、月桂叶、墨角兰等典型的地中海香料。其实，就是这些香料当时写上中文，我也同样蒙查查的。除了生姜、胡椒、茴香这些之外，中国人的餐饮中好像很少用其他的香料。

其次是色彩。所有的色彩堆砌在一起。各种香料、土耳其糖果、手绘彩釉餐具、灯罩、桌布、围巾……世界上所有的色彩都汇集在一起了，之鲜艳之饱满之缤纷，无法言说。我在土耳其购物很少，只是买了很简单的几件东西——除了一套锡制小茶具、几个小碗之外，就是一堆送女友们的钥匙链、小镯子什么的。那些之前在做功课时看到的碗、盘、围巾、桌布什么的，虽然它们在我行前的想象中已然沸腾，但到了土耳其，我发现在斑斓之中我却相当淡漠。我在香料市场时没有下手买东西，在伊斯坦布尔最后一天，即将回国时去了著名的大巴扎，只是寥寥几件东西就结束了购物。太鲜艳了，太浓烈了，我觉得被刺激得已然麻木，失去了选择的能力。

旋转舞与呼愁

去土耳其之前,有一个念想,那就是想看看托钵僧的旋转舞（Sema）。

以前看过一些文章和图片,还看过视频,被这种伊斯兰教苏菲教派的仪式感很强的舞蹈所吸引。苏菲派对伊斯兰教义赋予神秘主义的阐释,奉行苦行禁欲、虔诚礼拜,并主张与外界隔绝,追求心灵洁静行为纯正。Sema是苏菲派的祭祀形式,一般情况下外人不能在场,但近些年来,游客也能在一些特定的场合观看旋转舞的表演了。

苏菲教派认为万物都是旋转的,人从出生至去世,都是一个循环,都是一种旋转,于是,他们通过旋转这种舞蹈形式与宇宙和神达成沟通和接触。这就是所谓旋转舞的含义。

我在《伊斯坦布尔》一书中反复吟读的那个关键词:呼愁,就跟苏菲教派有关。无神论者帕慕克认为,呼愁是伊斯坦布尔文化、诗歌和日常生活的核心所在,"呼愁是因为不够靠近真主阿拉、因为在这世上为阿拉所做的事不够而感受到的精神苦闷。……受苦,是因为受苦不够。"帕慕克进一步分析说，呼愁与个体忧伤之间有着一大段形而上的距离，呼愁不是可以治愈的疾病，也不是人们得从中解脱的苦楚，它是一种快乐皆空、甜蜜忧伤的自愿承载的精神状态，是无人能够逃脱也无人愿意逃脱的悲伤，是最终拯救灵魂并赋予深度的某种疼痛。

旋转舞是这样的：神秘、悠寂的音乐声中，旋转舞者头戴咖啡色高帽，披着及地的褐色披风，双手交抱至双肩，低头缓缓走入表演场地，然后褪去披风，露出里面的白色长袖短褂和白色及地长裙。然后，舞者慢慢抬起头，将头向右转成四十五度的角度，双臂往上抬起，高过肩胛处；右手手掌朝上，表示接受神的赐福及接收来自神的能量；左手自然垂下，手掌向下，表示将神所赐的能量传给大地和人民。随着舞者的旋转，白色的裙子飘飞起来，成为一个圆盘……

关于舞蹈时将头向右转成四十五度的角度，宗教的说法是放弃自我，完全接受神的安排；但科学的说法是，只有这样，才能保证连续旋转，不至于晕厥在地。但一般人就是同样将头转成四十五度，旋转上几圈就可能匍匐在地了。旋转舞者都是经过长期训练的。

以上是我去土耳其之前做的功课。我以为就只是功课而已。

我是2012年6月上旬去的土耳其，凑的是伊斯坦布尔国际音乐节的热闹，总共看了三场音乐会，一场是小提琴女神安妮·索菲·穆特与柏林室内乐团的合作演出，一场是李云迪的钢琴专场,还有一场是在托普卡帕宫(老皇宫)内拜占庭时期建造的教堂里演出的古乐队和地中海沿岸舞蹈以及印度舞蹈。这支叫作"L'ARPEGGIATA"的古乐队很有名,他们弹奏着奥斯曼帝国时期的古老乐器,与吟唱和舞蹈融合在一起,所以这场演出叫作"DANCES OF THE WORLD"。

最后这一场,一坐下就感觉极为奢侈,想想这个场景:老皇宫、老教堂、拜占庭时期……这些元素让人激动不已,是任何豪华现代的音乐厅都不能比的。除了这一奢侈场景,音乐美妙,歌声动听,开场不久我已经非常满足。

想不到……

在几支舞蹈和吟唱之后,台边的古老拱门边静静地走出一高个男子,他披风及地,高帽耸立,微微地低着头,双手交抱在肩上,静穆地缓慢地走到了舞台中央……我的呼吸一下子急促起来……旋转舞?不会吧?!

追光打上了,音乐响起来了,一喑哑的男声开始唱起悲伤的慢歌,男子松开披风,鲜红的短褂和及地长裙露出来,他虚了眼睛,将头向右转四十五度,手臂抬起,一掌朝上,一掌垂下,开始旋转起来,直至舞裙成为一个红色的盘子……艳丽虚空的疾风回荡在斑驳古旧的老教堂里,带领着所有的灵魂往拜占庭时期的穹顶飞升上去,冲破穹顶,抵达满天的群星……

我只能说被定住了。所有的人都被定住了。太悲,太美。大悲、大美。同行的朋友、诗人王寅事后评价说,"轻柔、神秘、热烈、忘我"。是的，忘我。舞者忘我，观者忘我，我能回想起来的就是观看时脑子里空寂无物的感觉，只有美妙无比的泪意。我从来没有看过如此震撼的舞蹈，这么单调，又那么复杂难言。

因为是舞蹈表演，舞者穿上的是特殊的红衣，不同于Sema传统的白衣。在演出最后的谢幕中，舞者换上了白衣，在全场的掌声中再次旋转起来。这一次，他谦卑地回到了人间。我想起有行家告诉我说，Sema的最高境界是一群白衣舞者在月光下旋转着……

我能想象。我不能想象。

我想，如果要把呼愁形象化的话，最好的载体莫过于旋转舞了。

博斯普鲁斯海峡和黑白影像

博斯普鲁斯在土耳其语中,是"咽喉"的意思。博斯普鲁斯海峡是黑海海峡的东段,位于小亚细亚半岛和巴尔干半岛之间,与黑海、马尔马拉海、地中海相连通,把土耳其分隔成亚洲和欧洲两部分。

我们从金角湾码头登上游轮,在六月的艳阳下开始海峡观光之旅。帕慕克说:"在伊斯坦布尔这样一个伟大、历史悠久、孤独凄凉的城市中游走,却又能感受大海的自由,这是博斯普鲁斯海岸之行令人兴奋之处。"

我不是伊斯坦布尔居民,我就是众多游客中的一员,按惯例坐上了海峡游轮,走马观岸,在强劲的海风中一路眺望海峡两岸一栋接一栋的石头大宅,尽量仔细地观察那些高而窄的凸窗、宽大的屋檐和细长的烟囱,这些是我在《伊斯坦布尔》里读到的,并通过那些黑白配图看到过的。那些阅读记忆跟眼前真实存在的景象有着十分相似但又完全不同的味道,一方面是因为年代变化所导致的两岸景观有所变化;另一方面,书中所配的黑白照片,与眼前鲜亮的色彩——靛蓝的天和深蓝的海水、两岸翠绿的植被、现代建筑的灰红砖墙，以及鲜红的土耳其国旗，形成了一种反差，一时间，我觉得眼前的一切不真实，仿佛幻觉一般。幸好不断地有一栋又一栋奥斯曼帝国时期的夏宫（奥斯曼帝国时期皇族或帕夏的夏季行宫）和雅骊别墅（18—19世纪奥斯曼大家族建造的海边豪宅）这些古老的石头建筑涌现在眼前，作为阅读记忆和现实观感的连接点。

帕慕克说他是以黑白影像来理解伊斯坦布尔这座城市的灵魂的。他说："观看黑白影像的城市，即透过晦暗的历史观看它：古色古香的外貌，对全世界来说不再重要。即使最伟大的奥斯曼建筑也带有某种简单的朴素，表明帝国终结时的忧伤，痛苦地面对欧洲逐渐消失的目光，面对不治之症般必须忍受的老式贫困。认命的态度滋养了伊斯坦布尔的内在灵魂。"对于一个帝国遗民来说，个人的忧伤和集体的"呼愁"，使得他们带着一种暗淡又柔情的眼光看待自己的城市，滤去了色彩，增添了深邃。但伊斯坦布尔对一个来自中国这个更古老的国家的游客来说，还是蛮鲜艳的。

土耳其的疆域因为早先强悍扩张的奥斯曼帝国之故，总是和希腊有着交错缠绕的关系。我在《伊斯坦布尔》里读到，就在博斯普鲁斯海峡岸边的某一处闹市，现在叫作海滨大道的地方，以前曾经是希腊的一个小村庄，一百多年前，它是儿时的希腊诗人卡瓦菲斯的居住地。在博斯普鲁斯强烈的海风和炫目的阳光中，我随着被风吹得越来越凉的身体，想起了卡瓦菲斯的《城市》，这首我最爱的诗歌之一："……你不会找到一个新的国家，不会找到另一片海岸。/这个城市会永远跟踪你。/你会走向同样的街道，衰老/在同样的住宅区，白发苍苍在这些同样的屋子里。……"

当我面对一个陌生美丽的地方，总是会在第一时间涌现隐居的念头。从外在形式上讲，隐居是一种在远方的生活，帝国斜阳满城"呼愁"的伊斯坦布尔，俨然是隐居的想象目的地之一。这种念头，一旦生发，紧随其后的，我那坚韧的现实神经立马分泌出一种审视进而阻断这种念头的物质。正是这种物质，让我从未离开我生长的城市，哪怕在我最富青春激情的岁月里，这种物质也十分强劲地在我体内发挥作用，在最后关头扑哧一口吹灭了我内心的幻想小油灯。

我不知道其他的游人面对异国他乡的美景会不会有短暂的融入感？我是没有的，在我，我的城市永远跟踪着我，让我不会找到一个新的国家，也不会找到另一片海岸。但是，我可以在纸上、在书里、在文字中找到很多的故乡，比如通过《伊斯坦布尔》，找到伊斯坦布尔。

虚无之念
是细究不得的

1928年，刚刚离了婚的阿加莎·克里斯蒂踏上了东方快车，来到终点站伊斯坦布尔，入住佩拉宫酒店411号套房。在这里，她写下了她的代表作《东方快车谋杀案》，也是在这里，她认识了她的第二任丈夫，考古学家马克思·马洛温。此后，阿婆一直对东方世界充满了兴趣。

2012年6月2日的晚上，我和同行人去了佩拉宫酒店，是在伊斯坦布尔国际音乐节的李云迪钢琴演奏会之后。我们一行人，李云迪和他的父亲李川、音乐评论家刘雪枫、诗人王寅、艺术策展人曾琼等，在佩拉宫的露天酒吧喝酒聊天。后来想起李云迪，那个伊斯坦布尔温柔凉爽的初夏夜晚还记忆犹新，还有那个安静的话很少的钢琴家。

我没能去参观佩拉宫酒店的411房，因为有客人入住了。我在大堂逛了逛，坐了坐，四周是金色、紫色、黑色，以及各种丝绒面料，有一种浓厚的沉香味道，把人往里面吸陷。

1869年，一位比利时商人抓住长途豪华旅行的商机，开始筹备跨国列车之旅。1883年10月4日，第一列名为"东方快车"的火车从巴黎出发，经慕尼黑、维也纳，在罗马尼亚乘船横渡多瑙河后，在保加利亚鲁塞转乘另一辆列车抵达瓦尔纳，再换船到达伊斯坦布尔，耗时3天9小时40分钟。1928年，阿加莎·克里斯蒂也乘坐"东方快车"第一次来到了伊斯坦布尔，入住佩拉宫酒店。

佩拉宫酒店是一个非常传奇的酒店，它是1893年建成的土耳其第一家欧洲风格的豪华酒店，专门迎接乘坐东方快车来到伊斯坦布尔的客人。这座酒店是火车公司股东出资，邀请法国建筑师亚历山大·瓦劳利设计修建的。直到二战前，这里曾下榻过爱德华八世、伊丽莎白二世、丘吉尔、希区柯克、格丽泰·嘉宝、海明威、托洛茨基，以及阿加莎·克里斯蒂等众多名流。一战和二战时期，作为情报中心的伊斯坦布尔，云集世界各国的间谍，佩拉宫酒店也是他们下榻和交流情报的据点。1977年，最后一列巴黎至伊斯坦布尔的列车到站后，"东方快车"（全程）落幕，但直到今天，还有分成若干短途的"东方快车"，让游客走上一段怀旧之旅。

《东方快车谋杀案》的初稿完成于佩拉宫酒店，小说情节设置为从伊斯坦布尔返回西欧的途中，比利时著名侦探赫尔克里·波洛在叙利亚侦破一起案件后，前往伊斯坦布尔搭乘东方快车返回欧洲。列车在东欧遇暴风雪滞留，当晚便发生了谋杀案。波洛经过缜密的逻辑推理，侦破了这起离奇案件。其实是由列车员和12个乘客共同作案，每个人都刺了凶手一刀。从心理学的角度上，阿婆写下的每一刀，都在纾解她在个人情感困境中积郁的情绪。

《东方快车谋杀案》多次被拍成电影和电视剧。1974年,第一版的《东方快车谋杀案》(电影版)上映,获得了六项奥斯卡提名,英格丽·褒曼凭借此片夺得最佳女配角。电影首映时,邀请了阿婆亲自站台,而这是她最后一次公开露面。对这部电影,她夸奖了几句,然后开始吐槽,最不满意的是波洛的胡子,她认为跟她心目中的波洛那撇胡子差得太远了。次年,阿婆的《帷幕》出版,这是大侦探波洛破的最后一个案子。又过了一年,1976年年初,阿加莎在英国去世,享年85岁。

阿加莎多次入住佩拉宫酒店,每次都住在411房间。后来我去网上看了一些411房间的照片。现在这个房间基本还原成了阿加莎当年住在这里的样子,墙上挂着她的大幅照片,打字机放在桌上。房间的色调浓郁暗沉,以紫红色和黑色的色调为主,书架上整齐陈列着她的各种版本的作品。平时,这间房间对外开放参观,还可以预订入住。佩拉宫酒店内的名人房间,除了阿婆套房,还有嘉宝套房、海明威套房、皮埃尔·洛蒂套房,以及土耳其国父凯末尔套房等。

十年前的夏天,我在伊斯坦布尔旅行,十年后的夏天,努力回想游走在那个神奇的城市的种种观感,恍若隔世。这么多年来,我每天都记日志,翻到2012那一本日志夏天的部分,在伊斯坦布尔每一天的行程都清晰地记在本子上,但那时的我有着什么样的思绪,已然飘散如烟。个人记忆都如此脆弱速朽,何况其他。但我并不打算将日志记录得更为详尽和完善,我不觉得记录当时当地的思绪有什么价值可言，反而觉得透过这些事务性的简短记录，给了我一个个眺望记忆深渊的窗口，还有点意思。其实，虚无之念是细究不得的，否则人生从根上就无以为续。

成都夏天雨后的清晨，有一种微妙的凉爽，似乎有风，不知来自哪里，无法判断也难以捕捉，那种感觉仿佛是毫毛尖和汗毛尖的擦肩而过，带起了一股极细微的气流。

我是一个容易焦虑的人，控制且缓解焦虑的方法就是有序且量化的日程安排，其中读书是每天非常重要的一个固定心境的方式。多年来我深知，没有其他的方式可以替代读书，社交、聚会、交谈、旅行、微信、电影、美食……过了某个量，我都会筋疲力尽，都会急于离开，回到独处的状态，拿起书，然后，元气才会一点点重新回到体内。

当披拂纷乱之时，不读陌生的作家是一个明智的选择。当面对一个陌生人时，哪怕他（她）再亲切可喜，不都得努力调动起自己与之做能量交换吗？阅读熟悉且喜爱的作家，跟老朋友见面一样，真的是相当放松的。这是我喜欢重读的一个重要原因。

重读阿加莎·克里斯蒂就是一个安神的方式。

阿婆的小说就不多说了，在此说一说她近年来被翻译引进的中文简体字版的《说吧，叙利亚》。

这本书不是她的侦探小说，没有谋杀，这本书讲的是她跟随考古学家的丈夫马克斯在叙利亚挖掘丘墟的经历。但阿婆还是我熟悉的那个人，她的英式幽默和举重若轻在这本书里一如既往。

我一直都十分佩服阿婆可以且善于在旅途中写作的那种高超的本事。而读《说吧，叙利亚》时，我对阿婆的敬佩更上一层楼，她可以在基本生活条件相当匮乏之中，在各种陌生状况、各种突发情况，以及令人错愕的逻辑断裂面前写作，而且保持充分的幽默感和迅捷且爽利的文字质感。《说吧，叙利亚》让人太愉快了。我记得里面很多这样的片段，比如一个库尔德老太太来找马克斯求援，说，和卓（大人的意思），救救我儿子吧，他被抓走了，他是多么好的人……然后老太太列举了她儿子是个好人的一串例子。马克斯准备主持公道，于是问，那么你儿子为什么会被抓走呢？老太太说，他就是杀了个人而已。这种逻辑的陡转直下让人错愕，进而大笑不已。因错愕而大笑，这种体验太棒了，瞬间就把人从常态中抽离了，人一下子就轻盈了许多。

焦虑来自于难以安驻当下，总是希望从正在发生的事情和当下的某种处境中尽快脱身，脱身的意愿越强烈，焦虑也就越逼迫。

阿婆是一个安驻当下的人。唯有安驻，才能从容。还有就是拥有幽默感，这非常重要。幽默感这种东西，在事发前隐而不露，事发当时蓄而不发，事后就可以如同泄洪一般地起作用，而且是在方方面面起作用。我想起阿婆在《说吧，叙利亚》里面的一个段落：一个叙利亚工人来找马克斯请假，说，和卓，我要请五天假。马克斯问，去干什么？工人说，去坐几天牢。

我记得我读这一部分时，一边笑一边抬头看了看花园，几天的雨水让园子里的曼陀罗又疯长了好大一截。它们总是有一股不对劲的感觉，绷着、拧着，静静地发着疯，很古怪，但又很可笑。

有人总结了阿婆的好恶。她喜欢的东西有：阳光、苹果、几乎任何音乐、火车、任何与数学有关的东西、航海、海水浴和游泳、沉默、睡眠、做梦、吃东西、咖啡、山谷中的百合花、大多数狗、看戏……她讨厌的东西有：果酱、布丁、蟑螂、人多的环境、大声喧哗、冗长的谈话、聚会特别是鸡尾酒会、烟和酒（用于烹饪的酒除外）、牡蛎、半生不熟的食物、灰蒙蒙的天空、鸟、热牛奶……她喜欢的东西是人之常情，讨厌的内容总的来说也合乎情理，只有讨厌鸟显得有点古怪。这说明阿婆是一个很正常的人，也许正是因为这样，她才能在另外一个世界里创造出那么多不正常的人。而从那个世界看过来，我们这个世界，我们的处境，也许才是荒诞不经的。阿婆的厉害在于，她在两个世界里都保持着清晰的逻辑。

第六辑 东欧 中欧

所有其他时刻的深坑

明月远家是从2021年秋天开业的。第三次去了。

恰逢天气晴美,和朋友们长时间地待在远家草坪上喝茶聊天晒太阳,骨头都酥了。相比北方冬天无论阴晴的凛冽,在成都,这种温嘟嘟的享受,真是一种福分。

每次在太阳下晒久了后,到了晚上,头部的毛细血管不肯安歇,于是总要偏头疼。但我每次享受阳光浴的时候都会忘了自己的这个毛病。

果然,入睡前偏头疼如约而至。

不管那么多,躺下睡了。

突然醒了。不是被什么声音惊醒的,就这么醒了。去摸床头灯开关,没摸到。回过神来,不是在家里,是在明月远家呢。

偏头疼消失了。

拿过手机看,凌晨四点零八分。

醒透了。但魂魄散乱,什么都干不了。

裹住被子从床上转窝到沙发里,拉开窗帘,看夜色中的茶园和松林。

波兰女诗人辛波丝卡有一首诗叫作《凌晨四点》（黄灿然译）：

从黑夜到白天的时刻。
从辗转到反侧的时刻。
年过三十者的时刻。
打扫干净迎接鸡鸣的时刻。
大地出卖我们的时刻。
……

2014年深秋，我去了一趟波兰。

那是10月初的一天，从华沙肖邦机场一出来，寒风就吹过来了。我往四周一看，周围的波兰人，风衣、大围巾、棉服、长靴，我看看自己，单裤、帆布平底靴、衬衣加薄毛衣外套，再想想箱子里的衣服，只有羊毛披肩和一件可以揉成一团的轻薄小羽绒服算是冬装。我有点傻眼了。东欧这么冷啊？！这才刚开始，还有半个多月呢，看来先得去买衣服才行。

那一趟，我和同行友人是在华沙的肖邦机场进入东欧的，半个月后，从布达佩斯的李斯特机场飞离东欧。从两个大音乐家命名的机场进入和离开，有点巧合的美妙。而我们此行拐进不算东欧的萨尔兹堡和维也纳两站，更是被无数的大音乐家的名字所包围。从肖邦机场出来，上了温暖的大巴。往外看去，大片的黄叶林子在车外迎来又退去。走过好多城市，国内的和国外的，一般都是出机场上高速，但从肖邦机场一出来，没有高速，直接与树林碰面，分林而行。我没去过俄罗斯，听人说，俄罗斯的城市都是在森林里掏出来的。华沙的绿化面积在全世界首都里几乎排在第一位，也差不多就是这个意思了。路边的林子，黄绿夹杂，黄的多，绿的少，偶尔红叶点缀其中。我知道，随着后面的行程，景色会越来越深，越来越浓。那个秋天最美的两个星期被我们逮住了！

也许是职业的原因，但也许跟职业毫无关系，仅仅是一个读书人的习惯，我每到一个地方，总是会在第一时间将之与自己的阅读经验相联系。在我，与波兰挨得最近的阅读是辛波丝卡。所谓挨得近，一是时间近，她是2012年初去世的。在她1996年获得诺贝尔文学奖之后，我开始阅读她诗作的中文版。另外一种近，就是在阅读中最美妙的那种感觉——放下书，深呼吸，眼睛发干，心脏发酸，嘴里有涩的味道——被击中的感觉，在辛波丝卡的诗句里，我获得过。

波兰，在过去的一百多年中，这个与"苦难"这个词完全重合的国度，这个被两个强蛮的邻居德国和俄罗斯轮番欺凌的国度，其故事之惨烈，在此不必赘述，也不忍重述。

到达华沙，寒风和阴天配合得十分贴切。游走在肖邦公园，看完绿色铜像的肖邦，扭过头来，看到的是肖邦气质的苍白瘦长的青年男子……游走在城堡广场、老城集市广场，被二战毁坏了85%，然后一点点修旧如旧获得重生的波兰老城，据说是全世界唯一虽是重建项目但成为世界文化遗产的,其理由在于还原度极高,其所用的材质都是原有的材质。……在这些地方,身边走过了许多高瘦的波兰男女,其中好些个中年女人,都有着辛波丝卡那种薄薄的嘴唇和显得十分坚毅的嘴角线条。

说不清为什么,一到华沙,就觉得,这是我想象中的波兰,想象中的华沙。空气,天空的颜色,寒风,男人女人的容貌、形体、走路时低垂的眼睛,以及满地的黄叶,都符合我的想象。但我问自己,我之前具体想象过什么吗?好像没有。但就是有一种合辙押韵的感觉。

住在华沙的第一个晚上,也许是时差,也许是飞行疲劳所导致的紊乱,也许是旅途择床,不知道什么原因,黑暗中我突然醒来,完全不知身在何处。那种混乱、茫然的感觉我不是第一次经历,但每次经历都十分无助。渐渐地,我明白了自己身处华沙,拿过床头的手机,差几分钟四点。毫无睡意。我穿衣起床,出房间,来到酒店大堂,愣了一下,推开旋转门,出了酒店大门,站在华沙凌晨的街头。四下无人,连车子都没有,黄色的路灯光在夜寒中像是上了冻一样,直直地立在地上。我听见背后的门响,回头看,酒店大堂值班经理站在那里看着我。职责所使吧,毕竟我是酒店的客人。他可能纳闷,这个东方女人在干什么呢?我冲他笑笑,然后点燃了一支烟,虽然那时并不想抽烟。

辛波丝卡在《凌晨四点》中继续说,凌晨四点是:

……

风从熄灭的星星吹来的时刻。

如果我们身后什么也没留下那会怎样的时刻。

空洞的时刻。

空白,空虚。

所有其他时刻的深坑。

没有人在凌晨四点会有好心情。

……

凌晨四点,所有其他时刻的深坑,在华沙,在成都附近的明月村,在其他任何一个地方,都可以笔直地掉下去。也许以后我会在另外一个地方的凌晨四点左右,想起明月远家的这个深坑。也许掉落并不一定发生在天冷的时候。

查理大桥上的赫拉巴尔

到布拉格，对于我来说，最关键的那个人名不是哈谢克，不是哈维尔，不是塞弗尔特，也不是米兰·昆德拉，甚至不是卡夫卡，而是赫拉巴尔。

好几年前，读过苗炜的一篇文章，说他在布拉格的一家书店，站着把赫拉巴尔书中的黄段子翻了一个遍（这些黄段子在中文版里被删了），然后，跟着书店大妈去一个烟熏火燎的酒馆，见到了赫拉巴尔和哈谢克，跟他们聊了聊足球；后来在桥边（应该是查理大桥吧）还看到了卡夫卡的背影，差点上去打招呼，却被90公斤重的书店大妈死死抱住不得动弹，桥边，乌鸦嘎嘎嘎地飞起来。这篇文章写得有趣，有苗炜一惯的那股邪劲。作家通过想象，虚构一下与自己心仪已久的作家见面的场景，这是真爱。

我没想象过与赫拉巴尔相遇。我的想法比较文艺婉约——带上一本赫拉巴尔的书，让书跟布拉格合影。

那是中文版的《过于喧嚣的孤独·底层的珍珠》（中国青年出版社2003年版）。我有赫拉巴尔好些书的中文版，带上这本，是因为它最小最薄。旅途中，能轻便则轻便，这本书我还要带回家的。

把这本书跟布拉格的什么景色合影呢。赫拉巴尔生前常去的金虎酒吧吗？最合适的地点应该是那里。可是我不知道怎么找去。我第一次到布拉格，完全不辨东南西北，何况，我也没有那么多时间。看过龙冬写给赫拉巴尔的那篇长文，知道金虎酒吧应该就在查理大桥附近。好吧，那就查理大桥吧。桥边还有卡夫卡博物馆。我也爱卡夫卡呢。

在我们这代人的阅读记忆里，有一个听觉记忆，那就是斯美塔那的《沃尔塔瓦河》，是他的交响诗组曲《我的祖国》的第二乐章。乐谱上有一段作曲家的话："在波希米亚的森林深处，涌出两股清泉，一股温暖而又滔滔不绝，另一股寒冷而平静安宁。"这两股泉水汇合到一起，形成沃尔塔瓦河。

想起有一次和何多苓、欧阳江河两位老兄长聊起音乐，女性多半喜欢弦乐，不太喜欢钢琴，室内乐四重奏是喜欢的，交响乐感觉有点隔膜。他们两位说，弦乐缠绕，线性，缠绵，感性。钢琴是颗粒状的，坚硬，理性。室内乐和交响乐之间的区别，规模在其中起了很大的作用。

在欧洲最古老最长的查理大桥上，我把带去的这本赫拉巴尔中文版小说摆在了桥栏上，对着沃尔塔瓦河水，拍下了照片，向赫拉巴尔致敬。那天是2014年10月12日，早起，查理大桥上笼罩着一层薄雾，十点左右，薄雾散开，阳光通过两端的桥塔，哗啦一下穿刺下来，整个查理大桥上下一片金黄。我一下子就蒙了，金黄色！是啊，黄金之城布拉格，这就是一座金黄色的城市！就是老黄金的颜色！金得无比沉着。怎么能就这样跟想象完全吻合了呢？！想象和现实怎么能够这样毫无分别？！我实在是恍惚，一瞬间心乱如麻，晕晕乎乎，跟喝高了似的。怪不得到了布拉格的人，说起这座城市都那么痴狂。

我拍的那幅照片凝固了这样的景象：石桥栏很厚，中间凸起。这种灰色的石头就是传说中加了鸡蛋清的波希米亚砂岩吧？！它们让查理大桥坚不可摧。查理大桥的奠基时间是1357年9月7日5点31分，按当地的书写习惯，写成135797531。这串数字成了一个回文，正念反念都一样，包含着人们对查理大桥不朽的祈福。查理大桥也的确回应了人们的心愿，六百多年来安然无恙。

《过于喧嚣的孤独》摆在桥栏上面，向着湛蓝的天空，向着灰绿的河水，向着远处红顶黄墙的布拉格的老房子，有尖顶和穹顶时不时地冒出来，建筑轮廓线十分优美；沃尔塔瓦河上，两艘绿白相间的游轮成掎角之势远远驶过来，正准备穿桥而过，涟漪荡漾，绿绸起皱……封面上，黑白的赫拉巴尔用手支着脑袋，正严肃地看着前方，谢顶的大脑门上沟壑丛生，鬓角斑白。不知道这张照片的他是多少岁？

在捷克导演杰里·闵采尔的电影《我曾伺候过英国国王》的开头，当主人公迪特从被关押了15年的监狱出来时，我愉快地发现，扮演迪特的演员分明就是原作者赫拉巴尔的模样：稀疏的白发在头顶残存着，深凹的眼睛，瘦下去的嘴角上带着既嘲讽又善意的笑。

阳光照在刚出监狱的迪特身上，他眯缝着眼睛，开始了他那古怪的生平回忆。小说《我曾伺候过英国国王》的手稿也是在剧烈的夏日阳光下打字出来的。赫拉巴尔在小说前面的作者说明中说："我没法直视强光照射下那页耀眼的白纸，再没能将打出来的稿子检查一遍，只是在强光下麻木机械地打着字。阳光使我眼花缭乱得只能看见闪亮的打字机轮廓。"

《我曾伺候过英国国王》这部电影如同小说的诞生一样，呈现出一种阳光下的景物那闪烁和斑驳的特点。阳光下的景物往往会失焦，会虚光，十分缭乱，让人眩晕，但这种眩晕同时会给人带来一种颇为愉快的感觉。电影还原了小说"语流说书"的形式和特点，流畅、绮丽、古怪，带有浓厚的黑色幽默，它将半个世纪的捷克社会的变迁推到了一个小个子餐厅服务员的百万富翁梦的背后，呈现出赫拉巴尔所独特的"巴比代尔"的气味。"巴比代尔"是赫拉巴尔为概括他作品中的某种特殊类型的人物形象而创造出来的一个新词，指那些生活在"垃圾堆"上但保持着乐观幽默的处世态度，并能随时随地发现美的底层小人物。

去到布拉格之前，我不仅看了不少赫拉巴尔的作品，还看过爱尔兰作家约翰·班维尔那部著名的文学游记《布拉格———一座幽暗的城市》。班维尔写他在20世纪80年代初到达捷克首都布拉格时，这个城市还处于相当严苛和幽暗的时期，他跟随一位教授来到了一个文学酒吧吃午饭。这个酒吧位于老城广场边一条狭窄曲折的小街上，酒吧窄长、低矮，天花板已经被油烟熏黄了，里面摆满长条凳和三角凳。但班维尔很兴奋，他觉得他很可能在顾客中认出赫拉巴尔来，因为这样的一家酒吧，应该是一直做着各种粗活来糊口的赫拉巴尔很可能来的地方。我理解的班维尔所说的幽暗的其中一个原因就是有赫拉巴尔的阳光存在着。有阳光存在的地方，幽暗总是更突出、更有质感。

对于一个习惯于从书本上抬起头再去观望世界的人，曾经热爱过的作家已然进入了血液之中，一旦身临其境，昔日被滋养过的那种感恩之念，就会像味觉记忆一样清晰且顽固。这种感觉，在国内有过很多体验。在国外，也许是因为千山万水的距离给发了酵，体验似乎更为强烈。内罗毕与卡伦·布里克森，伊斯坦布尔与帕慕克，巴黎和杜拉斯，京都与三岛由纪夫，奈良与松尾芭蕉……现在，在布拉格，是赫拉巴尔。我的眼睛和嘴里都有酸涩的味道，岁月跌宕中内心艰难成长时的那种酸涩。人是怎么长大的啊？多辛苦，多努力，多幸运啊！

看着桥栏上的赫拉巴尔，我想，他给了我什么？是捷克文学传统核心的波西米亚气质，是生命的粗粝、忧惧、绝望和狂欢，是不被理解的骄傲，是琐碎的尊严和阴影中的层次与质感。我读赫拉巴尔的时候，84岁的他早在1997年2月3日从医院五楼坠落离世。

阳光中，查理大桥上的赫拉巴尔肖像成了黄金，那一刻，我在心里对他说，先生，我来到了您的城市！谢谢您！

布拉格广场的"国王"和鹦鹉

布拉格最热闹的地方是旧城广场,也叫老城广场,外人喜欢叫布拉格广场。我是外人,也喜欢布拉格广场这个说法。

广场上,有各种堪称绚丽的广场艺人。也许是波西米亚根据地的原因,这里的广场艺人有一种特别的鲜艳和古怪。在波西米亚服装的样式元素中,刺绣、流苏、褶皱、大摆裙、平底软皮靴等,跟这里的气氛特别搭,而在波西米亚风格的基本颜色中,暗灰、深蓝、黑色、橘色、正红、玫瑰红,还有著名的玫瑰灰,等等,混杂在周围的哥特建筑和巴洛克建筑,以及奇妙的金色光线中,隐没又显眼,芜杂且抽象,既像油画一样厚重,又如天空一般单纯。

各种广场艺人中,我首先盯住了那个"国王"和他的鹦鹉们。

在横杆上一排金刚大鹦鹉的陪伴下,"国王"着白色长袍,束金色腰带,系曳地的金色披风,箍金色头冠,戴着白色手套的左手站着一只白色鹦鹉,他面对我,右手抬起,面带微笑,背后是双塔耸立的泰恩教堂……我的镜头定格了这个画面。作为一个广场艺人,他的那身行头其实相当简陋和廉价,但在照片中,简陋和廉价的因素全然被过滤了，呈现了颇具古风的某种华贵和神秘。

当天，我把这张照片发到了微信朋友圈，命名为"布拉格广场，鹦鹉王子"。有朋友在下面留言，此人怎么那么像丹尼尔·戴·刘易斯呢。仔细一看一想，真是嘢。再看再想，可以说酷似。这么像刘易斯，那"王子"的称谓就轻了，叫他"国王"吧。

说起来有一种牵强的缘分。我对布拉格较为具象的了解是通过书——米兰·昆德拉的《生命不能承受之轻》和影像——该小说改编电影《布拉格之恋》。《布拉格之恋》的男主角就是丹尼尔·戴·刘易斯。刘易斯是作为布拉格这个城市的某种形象进入我的阅读记忆中的，居然，在我第一次来到布拉格的时候，迎面"遇到"刘易斯。

说是应该早些年到布拉格。但能有多早呢？作为中欧的中心城市，它历来就是焦点城市之一。尼采曾说，说到音乐，他想到维也纳；说到神秘，他想到布拉格。

现在的布拉格，已经是全球旅游热点城市了，人流量可能比不上巴黎，但据说跟西欧和南欧主要旅游城市相比也差不多了。吸引全世界游人的关键因素除了布拉格这个城市特有的美貌之外，漫长的历史、曾经的世界中心地位、波西米亚风味、神秘感觉、两种意识形态的占据和由此造成的对峙与变革……使得布拉格拥有一种特别的丰厚滋味。

之前看过很多布拉格的照片，雾气和阳光锻造出一个金色的城市。待我实际来到布拉格时，我发现，从色彩感觉来说，如果说布拉格是黄铜色，似乎更合适。不过，金子和布拉格的分量更为匹配，蒙了些微锈迹的金子，就是布拉格。

布拉格广场那个区域，包括查理大桥，人真是多啊。我们的导游罗先生说，东欧其他国家的旅游有旺季和淡季之分，比如我们已经离开的波兰，很快就会入冬，游客就相当少了；但布拉格没有旺季和淡季的区别，一年四季每一天，布拉格的这个区域都是这么多人。

布拉格广场上人最多的地方是天文钟的下面，人们簇拥在那里，等着报时的钟声。天文钟十分精美，但背后的故事十分悲惨，1410年，当天文钟完工后，执政者为了不让设计师造出比这更好的钟，派人弄瞎了他的眼睛，悲愤的设计师跳进了自己设计的天文钟里，以身殉钟。我也目睹了天文钟的一次整点报时，钟面下面的十二门徒木偶轮流出来转一圈，同时，旁边的死神牵动铜铃，最后以雄鸡鸣叫结束报时。在钟下刚一转身，遇到了一个贩卖劣质手镯的老头儿。他说他是塞尔维亚人，嬉皮笑脸缠着我买，说他很穷，我说我也很穷。他笑得更开心了，还嘟起嘴想在我脸上亲一口，我赶紧把他推开。

从早晨到近晚，我们一直在布拉格广场和查理大桥两边来回穿梭游逛。一会儿，身背一个同等身量的木头偶人的餐馆招领人走过来塞给我一张广告单，一会儿遇到正在闭目悬浮的杂耍艺人横在路中间，静静看一会儿，在小盒里扔下两个小钱绕道而过……此刻，查理大桥青蓝色的雾气已经完全散去，金色阳光笼罩着一切，桥上很多摆摊的艺术家，画肖像或者卖手工制品，都在逆光中成了虚蒙蒙的人影。那支塞尔维亚四人铜管乐队继续在演奏着，乐声让人想起库斯图里卡的电影配乐。穿梭累了，干脆在桥上那个小提琴手的身边坐下。我摘下帽子，放在面前，对同行友人周露苗说，你觉得有没有人把钱放到里面？小提琴手朝我们做鬼脸，又拉起了YOU RAISE ME UP，拉着拉着，突然停下，朝着他的CD摊位一扭屁股，嘴里配合一声"噗"，然后在周围人的笑声中十分得意地抽抽鼻子。我对苗苗说，这家伙长得好像憨豆，我要买他一张CD。我买了，十欧。他搂着我照了一张相，又翻开CD封面，给我讲他灌的这张CD里面还有哪些名曲，说，你看你看，有YOU RAISE ME UP哦。

查理大桥和布拉格广场都太迷幻了，两边由几个曲折穿梭的小巷连成一片，中间有一个著名的12秒绿灯街口。绿灯亮起，只有12秒，行人必须快速通过，否则可能被开得飞快的布拉格的汽车给撞到。为什么只有12秒？也不知道。

记不得来回了几次12秒路口。每次回到广场，"国王"还是那样，跟他的鹦鹉们站在一起，不知道表演什么。也许他的表演就是这样站着，在阳光下炫目。日光开始倾斜，我们等不到"国王"取下头冠。在我的想象中，"国王"会在火烧云的夕照中，取下他的头冠，让长长的头发披散下来……

访席勒不遇

在维也纳,车行经过霍夫堡皇宫前的一条街时,看到一个小广场和一个小花园隔街相对,一边一个雕像。导游说,一个是歌德,一个是席勒。同行女友、艺术家周露苗睁大眼睛张望四周,嗯,席勒?!我说,不会是这个席勒啦,跟歌德搁一块儿,应该是那个席勒。

让艺术家敏感的"这个席勒"是埃贡·席勒,20世纪初的奥地利著名画家。苗苗很喜欢他。我也很喜欢他。而我说的"那个席勒",是弗里德里希·席勒,18世纪的德国著名诗人、哲学家、历史学家和剧作家。

我后面要说的都是埃贡·席勒。

在维也纳街头,城市名片有三张,到处可以看到他们的照片或作品衍生品。一个是精神分析学家西格蒙德·弗洛伊德,另外两个是艺术家,维也纳分离画派的两位重头人物,克里姆特和席勒。现代史上还有一个著名的弗洛伊德,是精神分析学家的孙子、艺术家卢西安·弗洛伊德,但他11岁就到了伦敦,成了英国公民,所以维也纳只会认老弗洛伊德为其城市名片。

我在维也纳街头看到的席勒,基本上都是他那张著名的自画像。这张画像很像我的朋友、诗人何小竹。何小竹自己也把这张画像作为他微博和微信的头像,有人看了还对何小竹说,哪个给你画的像哦,多生动的。

我在维也纳街头拍到一张照片:斜射过来的阳光,裹带着街上的人影,打到金色背景的席勒自画像上;画板前,一个白金色头发的姑娘竖支在上,在小本上写着什么。她背的那个灰白格子包,与处理成灰白色调的席勒自画像构成了完美的呼应效果。

好想去看看席勒的原作啊。

我们是到了维也纳分离画派美术馆门口的,但为啥没进去,现在我忘了。可能是时间不够吧。

我不知道维也纳有没有席勒美术馆,但在捷克的克里姆洛夫(CK小镇),倒是有一个专门的"埃贡·席勒艺术中心",里面有一间展室专门且永久展出席勒在此创作的一些水彩画和油画。

克里姆洛夫的这个埃贡·席勒艺术中心,是席勒故居原址。席勒母亲的娘家就在克里姆洛夫,据说席勒为了躲避一些麻烦,在这里待过一段时间(有一说是三年),专门勾引漂亮姑娘并为其作画,最终惹怒了风气保守的当地居民,将其驱逐出克里姆洛夫,但把他在这里画的画全部扣了下来,放进了这个美术馆里。席勒16岁考入维也纳美术学院,师从克里姆特,并结识科柯施卡,表现主义三驾马车由此结盟。席勒是个标准的天才,20岁就进入了艺术的成熟期，至28岁逝世的八年时间里，其创作始终处于巅峰状态，然后因病猝死，戛然而止。他是什么时候跑到克里姆洛夫去的呢？

我和苗苗，还有同行的另一个画家邓先生，到克里姆洛夫后，放下行李的第一个目标就直奔埃贡·席勒艺术中心。小镇很小，几转几兜就到了。那是一个和其他三层小楼连在一起的老石头建筑，墙上贴有一排印有席勒肖像的海报，紫红色的窗户闭着，蓝色的门也关着，上面贴有告示牌，写着"JIZ BRZY!!!"估计这是捷克文吧。下面有英文，"COMING SOON"。啊？！闭馆啊！一算，星期一，按全世界绝大多数美术馆的惯例，星期一是闭馆日。唉，几千里远跑到这里，居然没有这个缘分，除了遗憾也没有办法啦。

说几句岔开的话。回忆CK小镇的那天，我印象最深的是邓画家面对着深秋绝美的景象，一直在我们旁边说一些八竿子打不着的事情，比如同父同母，凭什么他弟弟有一米八，但他就只有一米七。他神游万里回到童年少年，各种不甘，我们把接近燃烧之势的红叶、青碧沁人的河水、高高低低的红色屋顶，都指给他看。他瞄一眼，然后继续反思，还拿出手机翻出照片给我们看以资证明。在应该泪水盈眶的美景之中，我一路大笑（邓画家有脱口秀语言天赋，实在太笑人了），严重影响了我跟风景的观看关系。现在想想，不禁有点愤愤，同时，又想笑了。

一路上都有茜茜

在奥地利、匈牙利这一带转悠，一路都有一个女人的身影萦绕在周围，那就是茜茜公主。作为奥匈帝国的皇后，这一片是她传奇故事的发源地和酿造土壤。

对于中国游客来说，近现代关于欧洲皇室的关键词——哈布斯堡家族及其王朝，并不是什么有名的典故，但拜早年由罗密·施奈德主演的《茜茜公主》三部曲的影响力，茜茜是几乎每个中国游客都耳熟能详的名字。

我已经有点记不太清楚到底去了多少个跟茜茜相关的地方，有作为正式居住地的维也纳霍夫堡皇宫、夏宫美泉宫、皇帝弗兰茨送给茜茜的别宫Hermesvilla，匈牙利布达佩斯附近的茜茜的行宫哥德勒宫……

在匈牙利，横跨多瑙河连接布达和佩斯有好几座桥，其中一座叫作伊丽莎白桥，又跟茜茜有关。这座桥是为纪念1898年遇刺身亡的茜茜而建的，桥名让人终于想起茜茜的大名，伊丽莎白·阿马利亚·欧根妮。现在，茜茜的巨型铜像就安放在这座桥布达这边的花园里。

就是走到小地方,冷不丁地,茜茜又出现了。到了奥地利的一个小镇——伊舍尔,我们导游说,就在这里吃午饭哦,太有纪念意义了,这里是茜茜和弗兰茨钓鱼邂逅、一见钟情的地方。后来我看我的朋友蔻蔻关于茜茜的系列文章里有讲到伊舍尔这个典故。蔻蔻说,这是电影杜撰的,没么么回事。弗兰茨对茜茜一见钟情是没错,但就发生在皇宫里,没有小镇溪边钓鱼邂逅这个浪漫的桥段。蔻蔻是定居荷兰的生物学博士,业余时间喜欢写东西,特别爱好欧洲皇室八卦,对此题材颇有研究。

不管有没有这个八卦,就伊舍尔本身来说,是个赏心悦目的小镇。我和朋友们在2014年10月的某个中午在此午餐,沿着溪水边的道路,走进山坡上黄绿色彩搭配的精致餐厅。一落座,灰蓝的远山和深蓝的天空,随着阳光一起扑进餐厅的落地窗里,随之端上来的食物也因此熠熠生辉,似乎好吃了许多;窗外,是黄叶纷纷的茂密丛林,一条铺满黄叶的林间小道盘升绕行,行往不知所终的远方……去过欧洲的人都知道,欧洲小镇就没有不美的,伊舍尔当然也很美,但其实不算秀出于林,因为电影的传播,便跟茜茜拉上了关系,于是较之其他小镇,伊舍尔多了一份绮丽曼妙的意味。

我同行的女友有茜茜迷,但凡跟茜茜相关的事情,在她看来没有不好的。那的确是铁杆粉丝,全方位360度无死角地维护其偶像。所以,我一路上一直都不好谈论我对茜茜的看法。

我对茜茜没有什么恶感,但也没有什么特别的好感。美丽的确非常美丽，其他的，我觉得没有特殊之处。相反的，一路参观她的行迹，反而印证了对她的某些意见。作为巴伐利亚公主，茜茜15岁被选中为奥地利皇后，16岁与皇帝弗兰茨·约瑟夫大婚礼成，至21岁时与丈夫开始疏远，从此长期旅行在外或者驻留外地行宫，留下孤独的皇帝在维也纳苦撑大局。一般的说法包括电影里的说法都是茜茜天性热爱自由，难以忍受皇室的严苛戒律云云。15岁的女孩，其实应该明白自己成为奥匈帝国的皇后意味着什么，她选择了担任这个角色，享受了这个角色带给她的所有荣耀和光芒，但相比之下，对于这个角色所必须担负的责任和必须忍受的艰辛，茜茜还是太任性了。

我是在少女时期看的《茜茜公主》三部曲，印象非常深刻。但说来奇怪，跟当时所有同龄女孩狂热崇拜茜茜不一样的是，那个时候，我对茜茜公主似乎就有意见，而且这么多年来，这种看法好像也没有什么变化。我很喜欢罗密·施奈德，但喜欢上她的原因并不是最早的《茜茜公主》，而是她中年的代表作品《老枪》。说来我真是一个骨子里相当严厉的人啊。

布达佩斯夜晚的即兴台词

那是2014年10月19日的晚上，8点过，我在布达佩斯街上溜达。具体街道不清楚，只知道在链子桥和多瑙河附近。很多商店已经关门，但橱窗依然闪耀着。我一家一家地看着玩，书店、文具商店、内衣店、运动服装店……在欧洲旅行经常遇到这样的情况，吃完晚饭后在街上溜达，就纯粹是溜达，基本上没有购物的可能性。除了超市药店什么的，一般的商店都关门了。欧洲人才不会为了多挣两个钱牺牲休息和娱乐的时间呢。这个界面对游客来说不太友好，但游客也就相当省钱。

走着走着，突然就走到一个大橱窗前。

透过落地窗，看到里面灯火通明。临窗的简单的水泥台上，两个男人，一个是穿着白大褂的理发师，一个是围着白围布的顾客。

咦，理发店居然还开着？有点稀奇。

水泥台上有一个简易的金属洗漱架，上层是白搪瓷盆，下层是一个水罐，架梁上搭着两条白毛巾。这东西一看就是古董，起码是几十年前的东西。以前，我们中国很多人家还没有卫生间的时候，家里都有这一类的洗漱架，外形不一样，而且一般是木头做的，也分两层，上面一层放洗脸盆，下面一层放洗脚盆，架顶上搭着毛巾。

水泥台上还有两个三层的金属小货架，上面摆着剪刀、瓶子、小盆子等各种杂物。一个像米袋子似的大布袋，一盏带谱架的落地灯……

我突然发现不对头。为什么水泥台的下面坐了好多人呢？大概有二三十个人，似乎在上一堂学习理发的课程。从窗口这边看过去，房间四周全是开敞的货柜，上面摆满了外形和大小一样的瓶子，不知装的是什么东西。再从深处看过去，有伸向二楼的楼梯……

这是什么地方？理发店吗？不太像啊？

其实，我上面那番对整个房间的描述，是我事后看着照片写出来的。当时的情形相当令人骇异且惊喜，是一起突发事件，我根本来不及仔细观察。

是在走开之后我才反应过来，这是一出小型的戏剧表演。

是这样的。我走到这家橱窗前开始张望时，"理发师"和"顾客"背对着我正忙乎着，还热烈地对着话。我没细看，心想先举起相机摁几张再说。我完全没料到我自己被四周的观众看得清清楚楚。那是落地窗啊，一个东方女人，在外面明亮的街光映照下，正好清晰地呈现在他们的视线之中。观众笑起来，对台上的那两个男人说了什么，还指了指。"理发师"回头一看，然后迅疾地将椅子转过来面对我，继续前面的动作和谈话。隔着玻璃，我什么都听不见（当然听见了也听不懂，那是匈牙利语），只见房间里所有的人都看着我，呵呵笑着。虽然他们的笑相当友好，但我却十分尴尬。也顾不得那么多了，先抢了镜头再说。故作镇定拍了几张后，实在受不了被那么多的笑脸和注视所包围，于是讪笑着，微微鞠了一躬，示意抱歉打扰，赶紧从窗边走开了。

哎，所以我当不了演员啊。要是我周围的好几位有表演才能的朋友，肯定立马就可以进入角色。我曾经在一个导演朋友的电影里客串过酒吧客人，没有台词，就作为背景坐在那里跟人聊天就是了。把我给紧张的，手心里全都是汗。导演朋友给我说，剪的时候肯定会有你的镜头哈，又把我给吓的。那天的拍摄现场，在吧台里调酒的是男主角张嘉译。好在这部片子后来没有下文了，对于我来说。

布达佩斯的那个晚上，应该是一个戏剧爱好者组成的小社团在搞活动。主角是"理发师"和"顾客"，而我不经意地闯进了舞台，成为一个龙套角色。两位演员十分机智，将就着这一意外情况，继续演出着，我想，他们之间的对话很可能会加上一些即兴台词：

——来，转过来，你看，外面有个东方女人，是找你的？
——我看看。哦，是的，是找我的。
——哪个国家的？
——中国人。
——你怎么认识这个中国女人的？
……

链子桥和忧郁的星期天

布达佩斯，是位于多瑙河右岸（西岸）的布达和左岸（东岸）佩斯的合称。连接布达和佩斯的有好几座著名的桥，诸如伊丽莎白桥、自由桥、裴多菲桥，等等，其中最有名的是链子桥。每个城市都有一个标志性的建筑，对于布达佩斯来说，它的标志就是链子桥。

跟其他人一样，链子桥很早以前就通过影像进入我的记忆之中，那是电影《忧郁的星期天》。2014年10月，我到布达佩斯，跟我拥有共同的影像记忆的一个老友就在微信上问我，看到链子桥没有？我说肯定当然必须。

《忧郁的星期天》那部电影，一开头进入观众视野的，就是俯拍的链子桥。从绿色钢结构的桥身，镜头缓缓而下，进入布达佩斯的街景，然后进入故事的发生地——萨保饭店。之后，又好几次把情节推动的关键处放在了链子桥上。

《忧郁的星期天》1999年在德国和匈牙利发行，很快就成为一部世界名片。这是一个先音乐再小说然后电影的创作过程。音乐指的是一首著名的歌曲，关于这首歌曲，有着相当传奇的故事。20世纪30年代的一天，匈牙利作曲家Rezso Seress与未婚妻分手，那天大雨滂沱，Seress望着天空，深深地叹息了一句："What a Gloomy Sunday!（真是一个绝望的星期天！）"随后他写下了一首十分凄美动人的歌曲《忧郁的星期天》。接下来，Seress与各路唱片出版商接洽，纷纷遭到拒绝。其中一个出版商人道出原委，说不是歌曲不好，只是太忧伤太绝望了，人们听了不好（这种说法在之后果然成为事实）。几个星期后，终于有一个出版商接受了这首歌曲，将之灌制成唱片发行。

接下来就是一连串关于《忧郁的星期天》之绝望魔力的真实事件。1936年2月，布达佩斯的一个制鞋匠在其寓所自杀，遗书中的一段就是《忧郁的星期天》的歌词。这是这首歌后来被人称作"自杀圣曲"的开端事件。之后，好些自杀者跟这首歌扯上了关系，其中最暴烈的一个场景是两个人在听完一个乐队演奏完这首曲子后，当场饮弹身亡。

《忧郁的星期天》接下来的绝望效应相当惊人，从布达佩斯向西蔓延，在欧洲大陆，在英国，在美国，随着歌曲发行的线路，接连传来捏着《忧郁的星期天》歌单自杀的事件，上吊的、吞枪的、跳河的、坠楼的……后来有个统计数字，仅在匈牙利，就有157人受这首歌的感染自杀身亡。对于这个社会怪相，欧美很多心理学家纷纷建议禁播这首歌，最后由欧美的几家大电台和大唱片机构共同做出了禁播的决定，并销毁了原版唱片。但故事其实没有结束，这首歌的灵感源头、那位与Seress分手的未婚妻最终自杀身亡。30年后，歌曲作者Seress也还是以自杀这种方式告别了人世。

现在回头来看，这首歌曲之所以成为厌世诀别的催化剂，跟当时欧美所处的环境有关，世界战争、纳粹灭犹、物质极度匮乏……欧洲沉入了黑暗的底部，人们在其中看不到光芒。这个时候，人们听到这样的歌："忧郁的星期天，我度过无数，今日我将行向漫漫长夜；蜡烛随即点燃，你的夜与黑影分享我的孤寂；闭上双眼，就见孤寂万千，我无法成眠，然孤寂稳稳安卧；不要哭泣，我的朋友，因我终于感觉如释重负；最后一口气带我永返家园，返抵黑暗国度，心得安适……"生是如此煎熬困苦，死是如此安详甜美，受此诱导，一个个绝望的人也就跟随赴死了。

《忧郁的星期天》，先是尼克·巴尔可以同名歌曲作为契机创作的一部小说，畅销一时；之后，诺夫·舒贝尔将小说改编成剧本，并执导了这部电影。影片的故事内容较之真实事件做了很大的变化，更丰厚更忧伤，奇怪且美好的三角恋情、难以言喻的复杂人性、接踵而至的死亡和最后的复仇，萦绕始终的就是改编成钢琴独奏的《忧郁的星期天》，还有就是链子桥。

在布达佩斯的那几个晚上，我多次穿梭在链子桥附近，不停回望它，还乘坐夜船在多瑙河上，从它的腹下穿过。布达佩斯的多瑙河夜景，被称为欧洲最为美丽的河岸夜景，的确十分迷人。夜色和灯光交裹中的链子桥，像放置在深蓝丝绒之上的琥珀，黄得澄澈馥郁。在桥边，当时的我想不起《忧郁的星期天》曲调，但我还记得影片中汉斯在夜里的链子桥边评论这首曲子的话，他说："这首曲子真奇怪，让人很不安，就像有人对你讲了你不想听的话，但心底知道那都是实话。"

在链子桥边，我也有一种难言的不安，为什么我进入远方的通道总是依据我的阅读和观影体验。这个通道对于我来说，太熟悉了，太习惯了，也太依赖了，所以我在想，那是不是也可以说太狭窄了？！太脆弱了？！

布达佩斯的晚上

前不久的东欧行,在布达佩斯住了四个晚上,就住在对于旅游者来说最好的链子桥附近,ARAZ酒店。

链子桥连接着布达和佩斯,ARAZ酒店在布达老城区这边,在交错纵横的小街中的一条。站在酒店门口往前看几米,是对面的街沿,再往上看几米,是外墙斑驳的老房子,把头仰起来,看到的是悬在路中间的路灯。从来没有看过这样的路灯,从两边的房子顶上拉一条电线,路灯就系在中间,直直地射在小街当中。可见小街多小。

我开头没有注意到街灯,晚上站在酒店门口拍几张照片(后来回房间一查看,光线太暗,手也不稳,糊了),发现往来行人投射在地上的阴影有点奇怪,仔细一看,原来是街灯的缘故。

有一夜,已经12点过了,我和同行闺密苗苗坐在酒店门口抽烟聊天,突然不远处爆发出一阵喧哗,不像是争执,也不像是欢呼,就是一通瞎嚷嚷,然后本来十分安静的小街那头出现了许多人影,朝着我们这边走。那些急匆匆走过来的人影让我有点紧张,有点像是冲着我们来的。

要说夜里坐在酒店门口,然后有人走过来,我为什么会有点紧张?这是有原因的。前几年的一个夏夜,在巴黎,也是我和苗苗。半夜,我们在酒店门口抽烟,突然一个黑人笑嘻嘻地冲着我们走过来。我们觉得不对,赶紧进了酒店,黑人紧随我们进了酒店。大堂里已经没有其他客人了。我们走向电梯,他也紧跟了过来。我明白这个时候不能进电梯了,拉了苗苗走到大堂柜台前,告诉值班经理,那个黑人有点问题。值班经理走过来喊住他问话,这个时候我跟苗苗赶紧进了电梯上楼回了房间。在那短短的几分钟时间里,有一种非常明显的危险味道,我一直记忆深刻。

当然,在布达佩斯,那晚上那么多人影朝着我们这边走过来,我其实完全明白跟我们一点关系都没有。所谓紧张也是一瞬间的事情。那些人越走越近,后面还不断从小街口涌出越来越多的人。他们走近然后走过我们身边。全是年轻人,有男有女,脚步匆匆,有的一言不发,埋头走路;有的彼此之间低声议论着什么,间或有低低的笑声。匈牙利语一个字都听不懂。我和苗苗还是坐在那里,平视着许多的大长腿从身边走过。我也不知道他们是不是会注意我们并觉得奇怪,深更半夜,两个东方女人为什么坐在一扇门前?我对他们倒真的好奇,这么多年轻人是从一个什么样的场合散场回家呢?集会?讲座?那些腿和脚真好看呢,修长、有力、弹性十足。

1990年左右,匈牙利和其他原东欧社会主义国家一起,国家形态和社会体制发生重大改变,至20世纪90年代末,市场经济体制的转轨和私有化的进展基本结束，之后经济快速增长。看有关资料说，近年来匈牙利的旅游业和服务业发展比较迅速，但受世界经济衰退及欧盟经济疲软的影响，现在的日子其实不太好过，特别是年轻人，就业机会不太乐观，收入也不太乐观。听我们的导游介绍，现在匈牙利的国民月收入在3000元人民币左右。那天晚上，我看着从身边走过的那么多布达佩斯的年轻人，不由自主地想到这些内容。这中间似乎有一股熟悉的气息，来自我所经历的80年代后期，那个时候我跟我的同学、朋友都很年轻，也都没钱，但我们好像总是在夜里出没于各个场合，然后匆匆走过深夜的街头回家。只有兜里没什么钱的年轻人才会有这样一种富有弹性的脚步吧。

我为什么会认为那些年轻人应该对深夜坐在ARAZ酒店门口的两个东方女人感到好奇呢？的确应该好奇，因为那个地方，根本就不太像一间酒店。门是酒店那种旋转门，但很小，加之街灯昏暗，不注意是看不清楚的。两个外国女人蹲坐于此，是不是有点古怪？

第一天晚上刚刚拖着行李走到这扇门前，我心想，哦，小酒店呢。推开门，吓了一跳：啊，好高远的穹顶，好宏阔的大堂，完全是别有洞天的感觉。后来一打听，这家酒店是获过国际设计大奖的。酒店的客房围绕天井而建，从各层往天井张望，都可以欣赏到考究的大堂及餐厅露天座的壁画，相当有风味。

在布达佩斯住了这么几个晚上，总会上街去晃荡一番。酒店离瓦茨大街不远，于是我们就以那里为目的地，穿梭在各条街道上。从我们中国人的视角看去，东欧比西欧的人要勤快一些，到了晚上八点过，偶尔可以看到还在营业的商店，不像在西欧，还不到傍晚所有商店全部打烊，人都下班回家吃饭休息了。

但是，跟国内城市的街景全然不同的是，布达佩斯中心区域的大部分商店在晚上八点已经打烊。一扇扇橱窗亮着，招引着行人过去探望一番。有好些书店的橱窗让我驻足，错落参差地摆着各种匈牙利文的书籍。完全的文字隔阂，但还是有一种特别的亲切感。只要是书，总是有一种悄然的相通气息吧。

夜里巨大的广告牌上那个儒雅的中年男人给我很好的印象。他是谁呢？匈牙利著名演员？

内衣商店有魅惑感。东欧姑娘真的是非常漂亮，美貌指数普遍高于西欧。我们这一路，从波兰入境，在捷克和斯洛伐克溜达了一圈，一路的帅男美女，都是身形高挑、容貌秀丽、气质清冷，与同样以美貌著称的南欧青年男女相比，不像他们那样浓烈耀眼，更合我的口味。中间绕到奥地利去了一趟，在萨尔茨堡和维也纳的街头，美貌指数明显有所下降；待转回东欧，进了匈牙利，又有所回升。就我的走马观感来说，波兰人和捷克人要更漂亮一些。

在一个脱衣舞夜店门口，我们驻足观看。作为招揽生意的一种方式，橱窗以舞女剪影的形式呈现给路人。那个舞女的剪影在里面潦草地扭动着，不知是光线的原因，还是因为本身的身材的确一般，让我们在外面看了好生可惜。门很小，时不时开合，有神情不明的男人进出着。进不进去看一下呢？之前有两次这类参观风月场所的机会都放弃了，一次是阿姆斯特丹的花街，一次是东京的新宿，原因是我带着未成年的儿子。这次在布达佩斯，全是成年人，但想想还是算了。这种地方，没有知情懂行的人带着，贸然进去，也许会有麻烦呢。

瓦茨大街是Vorosmarty广场到中央大市场之间的一条人行购物街，与多瑙河平行，是布达佩斯最著名也是最热闹的街道。街道两旁有很多古老的建筑，临街全是商店、餐馆和咖啡馆。晚上的瓦茨大街，相比其他的街道来说，要热闹许多，餐馆和咖啡馆还在营业，中央大市场那边的露天酒吧，还有不少匈牙利年轻人在喝酒聊天。

就在瓦茨大街和中央大市场相连之处，有一家让我们无比惊艳的店，是一家洛可可风的首饰店，叫作Michal Negrin。这家店的首饰极尽繁复华丽之风，原材料以珐琅和合金为主，设计别致，做工精美。如果是女人的话，一般来说进了这家店眼珠子就拔不出来。一打听，老板兼设计师是一个以色列女人，37岁开始创建这个品牌，现已世界知名。在匈牙利，Michal Negrin有三家店，我们在布达佩斯和黑维兹遇到了两家。据说在日本有很多家，在中国深圳有一家。首饰不算贵，大首饰没问价，戒指挂链什么，返税后大概七八百人民币。我们一行几个女人发了癫，一通选购。为了返税方便，干脆让同行唯一的一个男人邓画家一个人刷卡。店员是三个匈牙利帅哥，看着邓画家为这么些个女人刷卡买首饰，惊着了，反复问了三次，你确定这些东西都是你付款吗？你确定吗？

出了店门我们笑死了。估计匈牙利帅哥心想，中国土豪的日子也不容易啊，带这么多女人出门，花这么多钱，真辛苦。

在布达佩斯的最后一晚，我们去了闻名遐迩的纽约宫咖啡馆。就在我们酒店附近，在伊丽莎白环道的一个十字路口上，从酒店走过去就十分钟。在欧洲，布达佩斯是著名的咖啡之城，一是言其咖啡馆数量之多，二是夸赞其咖啡味道上佳。纽约宫咖啡馆是1891年由纽约保险公司建造的，因而得名，今天已是一百多年的老店了。这家店，金碧辉煌，装饰繁丽，有一种特别讲究的老式派头。好些桌子的桌布印有个人肖像和相关照片以及报刊报道，一看就知道是在展示来过纽约咖啡馆的名人。我专门找了一下裴多菲，没有找到，原因是我既不懂匈牙利文，又不知道裴多菲长什么样子，呵呵。

在纽约宫咖啡馆心满意足地泡了一晚上，出门来迎面兜了一身的寒风。我们享受了东欧最后也是最美的两个星期的秋天，此时，冬天来了。布达佩斯的冬天是很可怕的，我们的导游罗先生告诉我们，很可怕啊，没有太阳呢。我说，哈哈，我们来自成都，没有太阳的冬天，我们太习惯了。罗先生说，关键是太冷了，成都不会那么冷吧。那倒是，成都的冬天，气温还是很温和的。好吧，我们这就走了，回了。

一路上，遇到无与伦比的东欧美景，同行女文青就会伤感，姐姐，你说，我们什么时候能再来呢？为了不扫姑娘们的兴致，我说，我们约着又来呀。

从纽约宫回酒店的路上，我四下望去，是琥珀一样黄澄澄的布达佩斯夜景。其实，很可能，这一辈子我就来这里一次；很可能，我看的这一眼，就是我与布达佩斯之间最后的一次对视。世界太大，人生太短。好吧，我来过了，我看到了，然后我走了。我边走边想回程的航班，说实话，那个时候，我无比想念我在成都的书房。

第七辑 西欧

第戎逸事

每次经过书架，经过一些书的时候，下意识想快走两步。有点不好意思。

这些书一直都在书架上立着。很多年来，我打开过它们，但只看了一半或者一小部分，就又放回去了。它们因过于重头显赫而确保在书架上的地位，而且，它们还一定牵连起看似坚定的念想——等什么什么时候，要读，而且读完。

这些书里，一般都少不了《尤利西斯》。我今天到书架上去找一本书，也经过了《尤利西斯》。我站住了，与书脊对视了一会儿。心里盘算那个什么时候是现在吗？沉吟片刻后确认，不是。

《尤利西斯》本尊没有看完过（看过的那一部分也忘得精光），但周边倒是涉猎过一些。比如西尔维娅·比奇的《莎士比亚书店》一书，看完了的。甚至还去了第戎，《尤利西斯》首版的诞生地。

说来似乎专门去巡礼似的。完全不是。只是经过第戎，而且当时根本不知道这个小城是怎么回事。完全是后知后觉的关联。

我在法国第戎停留过短暂的时间，2012年7月19日—7月20日，一个黄昏，一个晚上，还有一个早上。那个黄昏我和同行友人走在第戎的街上，商店全都打烊了，视过分勤勉为恶习的法国人才不会耽误晚餐呢，生意不重要。跟中国人完全不一样。我自己觉得中国人挺好的。

第戎是一个跟吃喝紧密关联的城市，勃艮第葡萄酒产区，芥末原产地，另外还有鲜美的蜗牛。我在这个黄昏既没有喝葡萄酒，也没有吃蜗牛，只是漫无目的地在街上闲逛了一圈。路边的咖啡店和餐馆坐满了人，在金色的夕阳中眼神散漫，在我看来他们都在专注于内观，绝不留一丝一毫的余光给无关的路人。街景精致小巧，没有高楼，仅两三层楼的临街房子，好多都勾了鲜明的轮廓线，衬上不远处教堂的钟楼，有点童话的意思。对第戎，我没有做什么功课，因为之前并不知道会途经那里并停留一个晚上。是在从意大利佛罗伦萨到巴黎的途中偶然的一个停驻。后来我看了一些资料，什么格朗吉尔广场、吉约姆大门什么的，应该都逛过了，反正第戎就那么大。

后来读了西尔维娅·比奇的《莎士比亚书店》一书，才知道第戎有故事。

莎士比亚书店是20世纪前半叶位于法国巴黎的文人重镇。1919年，西尔维娅·比奇在巴黎奥德翁路开了一家名为"莎士比亚"的书店，常客有安德烈·纪德、保罗·瓦莱里、舍伍德·安德森、司各特·菲茨杰拉德、厄内斯特·海明威、D.H.劳伦斯、伊兹拉·庞德\塞缪尔·贝克特，等等。1941年，经营了22年的莎士比亚因二战而关闭停业。这一部分，是西尔维娅·比奇版的莎士比亚书店。

之后，1951年，乔治·惠特曼延续了比奇的名号和精神，在巴黎布彻希街37号开设了莎士比亚书店，比邻巴黎圣母院。之后几十年直到现在，这里再次成为一个文学根据地，很多作家、诗人、艺术家在此逗留，直到现在一直保留着经常举行文学活动的惯例。如今，经营书店的是乔治的女儿西尔维娅·惠特曼及她的朋友。

晚年的海明威在《流动的盛宴》一书里这样回忆莎士比亚书店和西尔维娅·比奇："在那条寒风凛冽的街道上，这可是个温暖舒适的去处。冬天生起一只大火炉，屋里摆着桌子、书架……""西尔维娅的脸线条分明，表情十分活泼，褐色的两眼像小动物的眼珠似的骨碌碌打转，像小姑娘一样充满笑意……"当年，比奇对穷困潦倒的青年作家海明威说，你想借几本书就借几本，保证金等有钱时再交。功成名就的老年海明威，在生命的最后阶段，一直记得那些温暖的话语和那个温暖的小书店。

书店常客中，还有一位詹姆斯·乔伊斯。

在比奇的这本回忆录里，讲了很多关于出版《尤利西斯》的逸事。《尤利西斯》的出版，是莎士比亚书店最大的一件事，也是最大的一个功绩，比奇花了很大的篇幅给予详述，那是应该的，也是必需的。而我在这一部分反复读到一个法国的地名：第戎。

《尤利西斯》的前期出版困难重重，最后由经费拮据窘迫的小书店莎士比亚书店接手出版事宜。书的排版印刷交给第戎的一个老印刷商达朗迪埃先生。因为预订的书单早已发出，彼时，在第戎一间爬满藤蔓的古老印刷厂里，灯光彻夜亮着，达朗迪埃先生和他的员工加班加点地赶制着。因为乔伊斯不断地在排出来的样稿上修改，甚至大段大段地重写（因为眼疾，乔伊斯的字犹如天书一样难以辨认），而比奇纵容他的这一行为，于是《尤利西斯》陷在排版、修改、调整、重新排版、重新修改、重新调整……这一没完没了的泥沼之中不得自拔。付了书款急于读书的顾客不停地催促，比奇也急得要命，而达朗迪埃先生已经快疯了，特别是卡在《刻尔吉》这一章上，因为乔伊斯迟迟交不出打印稿来。这中间的故事当时十分惊险，事后看来则很有戏剧张力。

因为乔伊斯反复修改且字迹难以辨认，已经有九个打字员被撂倒了。第八个打字员绝望得想跳楼，第九个打字员摁响了乔伊斯的门铃，门一开就把打好的部分稿子扔在地上，然后转头冲向街道逃之夭夭，连工钱也没要。那个时代的人真是淳朴，是如此看重自己的职业声誉，没能完成工作居然羞愧成这个样子。乔伊斯对打出《刻尔吉》已经不抱希望，比奇接手过来，先后让她的妹妹及两位朋友帮忙辨认天书般的手稿并打字出来，这中间，一位朋友的丈夫无意间瞥见妻子正在对付一部"淫秽"的书稿，一气之下就把看到的那几页稿子扔进了炉子。比奇紧急求救乔伊斯，乔伊斯也不能复原他当初的创作，说唯一的补救方式就是求助于他的手稿收藏人、美国收藏家约翰·奎因（乔伊斯把作品的初稿卖给了这位美国人），而奎因此时带着《尤利西斯》的初稿回了美国。比奇给奎因拍了电报,又写了信,但奎因生怕节外生枝,不肯交出原稿,也不肯让人抄录,最后的折中方案是允许拍照。到了最后,这些影印件被誊写完毕后交到了达朗迪埃先生的手中。

这只是《尤利西斯》这本书出版过程的很多曲折故事中的一个。我这才知道,第戎是《尤利西斯》首版的诞生地。要是早知道这个故事,说不定我会好好做做功课,然后在那个黄昏试着去寻找一下达朗迪埃印刷厂的旧址。

其实这个故事听上去就非常的心烦意乱。一般人如果身处其中,一定会抓狂,也一定会放弃。所以啊,这个叫作西尔维娅·比奇的出版人和她的书店会成为传奇。

那天黄昏,在第戎街上,在一个打烊的鞋店门口,同行闺密孟蔚红看中了橱窗里的一双软皮平跟凉鞋,十分别致,而且看上去就知道穿着很舒服。看着紧闭的店门,看看时间,才晚上七点过,虽然一路都在赞叹法国人享受生活,但此时我们却十分埋怨他们的懒惰。店门旁边,一对黑白恋人正在接吻。他们似乎是在给旁边围观的几个朋友做示范,一边吻一边笑。我赶紧摁下快门,被黑人男朋友抬头瞄见,我知道已经拍糊了,而且知道西欧人尤其是法国人很讨厌被人偷拍,于是尴尬地笑笑。白人女朋友也扭过头来看我。没想到两人都笑了,他们的朋友也都笑了。黑人男朋友还做了一个您随便的手势,顺其美意,我赶紧拍了两张。回到酒店一看,照片还是糊了。

蒙马特高地定格

女友小红在微博上转发并爱特我一张巴黎蒙马特高地的照片。

这是一张黑白照片，作者是法国摄影师Brassaï。照片定格的是1937年冬天的某个清晨，蒙马特高地的台阶，俯拍镜头，砖地、光秃虬结的树枝、鲜烈的阳光、萦绕的薄雾、铁花栏杆，以及花朵造型的路灯，还有交错而过的行人，一个拾阶而上，一个沿阶而下。

2012年夏天，我和小红一起走过这条路。同行的还有我儿子、她女儿以及另外一个女友。我们几个人沿着这条颇为陡峭的台阶，在七月的烈日中奋力往上爬，边爬边抬起镜头"捏"了好些照片。这些照片都是彩色的仰拍镜头，绿叶婆娑，台阶深润，空气里有一种亮丽浓稠的气息。

那天我们是从老佛爷百货门口，看着地图一路走过去的，走得很快，到达高高的台阶前大约花了半个小时，其间还在红磨坊门口拍了几张到此一游。抬头看去，有点心潮起伏——读了那么多书里面的著名的小丘广场就在上面哦！

小丘广场跟之前看到的影像里的情形一样，呈圈状，一圈一圈地摆满了画夹和画，后面站着或坐着以此谋生的画家们，其中不乏好些白发老者。他们表情各异。有生意的正忙着给游客画像，没生意的，或眼神空茫地发呆或彼此闲扯着，他们统一的神情是看到镜头后的不满，并辅以拒绝的手势。这里面有几个会成为毕加索、高更、卢梭、雷诺阿呢？盛况不会再现了。所谓时势造英雄，所谓风云际会，某个领域的杰出人士总是一拨一拨地涌现的，十九世纪末涌现了一拨绘画大师，再出现同等高度的一拨，中间估计得有几百年的间歇期吧，不说千年一遇，五百年总得要吧。

在蒙马特高地，我们没有去著名的爱墙。据说那堵墙上有三百多种文字的"我爱你"。还记得读过徐志摩写这堵墙的一首诗。我一向不太喜欢徐志摩的诗，太浓艳柔媚了，这首诗也是如此，但里面有一个比喻印象挺深，后来去查了一下："……我不仅要你最柔软的柔情，蕉衣似的永远裹着我的心……"蕉衣这个比喻，自然是徐志摩似的浓艳柔媚，好在浓艳柔媚得很彻底。

现在，我翻看我在蒙马特偷拍的那些照片，其中有一张是一个女画家的侧影，大约五十岁出头的年龄，白衬衣、小西装，一顶巴拿马草帽，身材纤细优雅，五官无可挑剔，标准的巴黎美人。法国女人总有一种超脱于时间之上的美。可惜她的画实在不怎么样，跟小丘广场的好多画作一样，小尺寸的巴黎风景油画，埃菲尔铁塔几乎是不可或缺的元素。也就是一种旅游纪念品。

巴黎人对游客的镜头一般来说都不太高兴，这跟在伊斯坦布尔遇到的那些笑得开花开朵并主动摆pose的土耳其人形成了鲜明的对比。在蒙马特高地，遇到笑迎镜头的，是一个带着狗的男人。他坐在一个小坡的坡顶上看一份画报，他的小狗在坡面上呈俯冲的姿势，因狗绳的拉扯而被固定。小狗俯瞰远方，神色凝重。我顺着小狗的视线看下去，是下面小街上的一个红色门面的咖啡馆，一个穿着浅蓝色衬衣的谢顶男人正空茫地往高处眺望。红色咖啡馆的旁边是一家绿色咖啡馆，待我们走下去后看到，绿色咖啡馆的旁边是一家卖长筒丝袜的小店。

那些丝袜实在是太美了，全是花色的：有孔雀蓝底上的黄色雏菊花，有灰色波涛中的卷发美女和骷髅头，有深蓝色星空中的红花和枯树枝，有黑底上的一串串五线谱和音符，还有各种斑斓的几何图形……这些袜子，个性化、想象力丰富、元素组合别致、配色大胆有趣，让我觉得这才应该是蒙马特高地的作品。

旅行中拍照有时是不胜其烦的事情，瞎拍一气，经常是几百上千张地拍，回家后整理起来工作量实在是太大了。好多时候，我把这些照片扔到电脑里就不管了。时间长了，也想不起来抽空去整理一下。这次因Brassaï的那张照片的勾引，我翻出"蒙马特"那个文件夹里的照片，已经褪色乃至有点模糊的旅行记忆又鲜明起来。如果不看照片，我根本就连那些丝袜都忘了，更别说仔细观赏图案和颜色了。看来多拍点照片还是必要的。

一生中最爱的女人

那还是早年跟团游的事。

最早的欧洲旅行，很多人都是从跟团开始的。我和朋友们也一样。2012年7月，我带着儿子，女友小红带着女儿，加上另外两位女友阿潘和苗苗，我们六个人加入了一个欧洲旅行团。我们把我们这个团伙叫作"拖儿带女中年妇女团"。

我们去了五个国家，按顺序是意大利、瑞士、法国、比利时和荷兰。其实应该是六个，因为我们还去了梵蒂冈，再小那也是一个国家。我们从成都直飞阿姆斯特丹，转机罗马后，从意大利一路朝北走，瑞士、法国、比利时、荷兰，最后回到阿姆斯特丹，直飞回成都。跟其他的线路有点不同的是，我们在瑞士待了好几天，但没有去隔壁的德国。我后来一琢磨，这条线路可能多半是我们的导游李先生参与策划的。

到了琉森，我们的瑞士之行在一连串的欣喜之中到达了一个嗨点。之前，我们分别住宿在小城卢加诺和阿尔卑斯山旁边的小镇梅利根，一路感慨连连，啊，太美了，太美了。李先生说，且慢，还没到琉森呢，到了琉森你们才知道那是什么滋味。

李先生是一个资深欧洲团导游，高大英俊，风趣幽默，情商很高，知识面也很广，一路走一路讲。旅行第一天，在罗马时，我们就知道了李先生从事这个职业背后的动力，那是因为一个风华绝代、空前绝后的女人——奥黛丽·赫本。李先生说，他本来是带东南亚团的导游，后面又跑了几年北美线路，再后来他就坚决地带欧洲团了，周而复始地从罗马开始带着客人游走，百走不厌的原因就是因为赫本，因为《罗马假日》这部电影。李先生说，他还是少男的时候，第一次看《罗马假日》，就迷上了赫本，从此"万劫不复"。

"赫本把我给害死了。"他在罗马这样开场白。

"那谁谁算什么？人家赫本才是贵族呢。"他在巴黎说。

"赫本在哪里出生的？就在这里！"在布鲁塞尔时他这样说。

到了最后一站荷兰，李先生说："赫本有荷兰血统，她妈妈是荷兰贵族。她也会荷兰语。"

还是说回琉森。果然如李先生所说，美景如画的瑞士之行的最高潮就在琉森。琉森，也译作卢塞恩，是瑞士第六大城市，因其湖光山色美不胜收，加上古城建筑保留完好，是有着世界声誉的旅游胜地。我们在参观完著名的"悲伤的狮子"、乘船游完琉森湖之后，在卡贝尔廊桥边解散，大家开始自由活动。团里好些人钻进了手表店狂购去了，李先生指着不远处一个双塔教堂，对我们几个文艺女中年说："你们一定要去那个教堂看看，赫本第三次结婚就在那个教堂。"我们笑着说一定会去看看，已经走开几步的李先生又回身走过来说，"哎，那个跟她在这个教堂结婚的男人只是个发型师呢。"

那是豪夫教堂。美丽的双塔是它的标志。豪夫教堂在8世纪时是一座本尼迪克特派修道院，1633年被火焚毁，随后重新修建，建成后成为瑞士最重要的文艺复兴风格的教堂。

当时在旅途中，我感动于李先生的浪漫痴情，但对其关于赫本婚恋史的讲述有所怀疑。我记得赫本只结了两次婚，陪伴她走到生命终点的那个男人好像并没有和她结婚，而且，她的伴侣中好像也没有发型师一说。

我自然不会当时当场煞风景地去询问质疑，后来我查了一番资料，发现关于赫本婚姻的说法有不同的版本。

一个版本说她结过两次婚。第一次是和好莱坞导演、演员、作家梅厄·菲热。婚礼是在琉森的豪夫教堂举行的。这段婚姻延续了14年，其间诞下长子西恩；第二次婚姻是和意大利心理医生安德烈·多蒂，这段婚姻在11年后破裂，其间赫本生下了次子卢卡。再后，赫本遇见了荷兰电视演员罗伯特·沃尔德斯，两人没有结婚，但罗伯特陪伴她走到了最后。

在另一个版本里，赫本前面两次婚姻没有什么异议，但说到罗伯特时，这个版本称，赫本在晚年与罗伯特相遇相爱，之后在瑞士同居，再之后两人正式结婚，结婚地点就是琉森的豪夫教堂。

哪个版本更接近事实？不得而知，也无关紧要。有一点能肯定，反正都没发型师的事。我最喜欢的赫本爱情版本跟上述三个男人无关，那是派克和赫本的故事：1993年1月20日，赫本因结肠癌去世，享年64岁。77岁高龄的格里高利·派克在妻子的陪同下飞赴瑞士参加赫本的葬礼。媒体报道中有关于现场的这样的描述：

"……葬礼上，已是白发苍苍的派克老泪纵横，他哽咽地说，'能在那个美丽的罗马之夏，作为赫本的第一个银幕情侣握着她的手翩翩起舞，那是我无比的幸运。'他低下头，在赫本的棺木上轻轻印下一吻，深情地说道：'你是我一生中最爱的女人。'"

蔓延不绝的迷醉

2012年到威尼斯旅行的时候，印象深刻的是导游一下车就喊大家把双肩背包放到胸前，因为小偷太厉害了。南欧相对来说治安比较乱，到了法国和意大利，导游就一直在提醒大家小心。我们在卢浮宫的时候，正好看到保安们抓到一个小偷，场面一度混乱，当时就在《蒙娜丽莎》前面。但让大家一定要把双肩包从背后转到胸前是在威尼斯，可见此地小偷技高一筹。

我看过相当数量的写威尼斯的书和文章，大家都非常陶醉地享受这个美妙的城市，没有谁说到小偷的问题。

这一段时间在集中读日本建筑家中村好文的几本书，这次阅读的线索是从更前面的一本来的。《孤芳自赏的尺度》，作者坂田和实，职业是旧货商，同时也是职业买手，主要从欧洲和日本国内搜罗各种旧货，放到他位于东京目白的店里售卖。几十年下来，同时作为专栏作家的坂田和实也形成了一套延续自谷崎润一郎、柳宗悦并加入个人见解的美学体系。中村好文从年轻的时候，上下班的路上会经过坂田和实的店，经常会进去逛一逛聊一聊，两人结下了深厚的友情。到了各自都功成名就时，就有了水到渠成的合作——中村好文设计的坂田和实美术馆，叫作as it is。我的阅读也就从坂田和实延伸到了中村好文。

中村好文有一本书叫作《生活艺术家的手作私宅》，其中有一章是中村探访威尼斯佛科拉工匠保罗·布兰德里西奥的工坊。叫作贡多拉的小船是威尼斯特有的交通工具，佛科拉是贡多拉的橹架的名字，船夫站在贡多拉的后部，船橹通过位于船体右侧的佛科拉操纵船体。佛科拉一般用八十年左右的胡桃木、梨木、樱木等果树，做好后再涂上亚麻籽油。中村说，威尼斯大约有四百五十名贡多拉船夫，有三分之一要用保罗制作和修理的佛科拉。

保罗的这家工坊位于距离圣马可广场徒步五分钟路程的小巷子里，后门临河，前门临街，临街的门口放着两个完全就是抽象木雕的佛科拉，很是显眼。工坊是对外开放参观的，不少游客会走进去看一看，如果不说话，保罗也不搭理，自顾自干自己的活。

书中附了一张保罗工坊门口的照片，我一看就想起来了，这个门口我是经过了的，以为是木雕艺术家的工作室，依稀记得在门口朝里张望过。

威尼斯的手工制品非常有名，以圣马可广场为中心的城堡区，小巷子阡陌纵横，各种小店、各种工坊一家挨着一家，面具、水晶首饰、玻璃制品、花边织物……间杂着餐馆、咖啡馆，水光和天光在其间交汇荡漾。在这里逛游，蔓延不绝的迷醉，就跟喝了酒似的深一脚浅一脚，稀里糊涂地就买了一堆东西，等回到家拿出来一看，尽都是一些就在装饰这个功能上都很不实用的东西，完全不符合我的口味。也不知道当时怎么会买下的，可见威尼斯酒劲儿之厉害。

太多关于威尼斯的作品了，伍尔夫说她是"欢乐、神秘、不负责任的游乐场"，约翰·罗斯金认为她是"诸城乐园"，狄更斯说她是"朦胧之城"，托马斯·曼对威尼斯尤其迷恋，说她"半如童话，半如陷阱"。我读过美国作家约翰·伯兰特关于威尼斯的名作《天使坠落的城市》，一本开始于火灾结束于火灾之后的重建完成的"非虚构小说"，充满了有关威尼斯迷人的景观描述、风俗记录、人情绘摹，在此之上，是难测的世事和迷离的人心，另有犯罪、侦破、自杀、名人野史、权力争夺、黑帮交易等种种提神的元素。这本书我记忆深刻，其精湛的架构技巧、出色的材料整合能力，还有简洁明快的叙述方式，让它像威尼斯的水光一般斑驳靡丽。约翰·伯兰特也有一段概括威尼斯的话，他说："……阴暗幽僻的运河，连内行人也往往会迷路的迷宫式通道，很容易让人产生不祥之感。反射、镜像和假面，意味着凡事都与表象不一。秘密花园，百叶格窗，不知从何而来的谈论着秘密乃至秘术的声音……"其实，这段话用来形容《天使坠落的城市》给人带来缭乱和迷醉的读后感也是合适的。

第八辑 北欧

安徒生的痕迹

在丹麦旅游，针对观光客，安徒生就是一张处处可见的名片。我和同行人就在几个地方专门去见了这张名片。

到达哥本哈根后，先是直接去了长堤公园，那里有著名的美人鱼雕像。这是丹麦的国家形象。到达后的第一时间就去这里报个到，也才有到达丹麦的确认感。

2019年7月15日，3U8271，深夜2点（北京时间），从成都双流机场起飞，5：15（丹麦时间）到达哥本哈根的凯斯楚普机场，耗时九个多小时。入境手续很简单，朋友孔杰等在外面接我们，很快我们就进入了北欧清晨的景貌之中。孔杰安排我们先去看看美人鱼，然后再进入哥本哈根市区我们事先预订的民宿安顿。

清晨七点过，我们就在逛景点了。北欧夏季，白昼的时间很长，置身于清辉朗朗的清晨，长途飞行的疲累和旅行开始的兴奋上下交织，说不清是累还是不累，也搞不清困还是不困。脑子有点胶住了。

美人鱼是一座青铜雕像，真人大小，斜坐在岸边的几块天然石堆砌的基座上。她面色忧戚地斜坐着，背后是灰色的海水、停靠在海岸边的船只和各种港口建筑。如果是晴天，海水的颜色会变蓝，那就能够把她的忧戚冲淡一些。

安徒生的这个童话，估计世界上绝大多数的女孩子都在童年时代阅读过，它的核心理念里面包含着女性对于爱情绝对的献身和巨大痛苦，而且，这种献身和痛苦不为他知，不为人知，最终在一片泡沫中构筑了一种凄美孤绝的审美形态。我看着面前的美人鱼，心情很难辨析，她就是一种隐喻，具有隐喻巨大的强劲的覆盖能力，我把她与我自己身为女性最早被灌输的性别意识形态联系了一下，还是很庆幸自己很早就从中逃脱了出来。

我们寻觅的安徒生痕迹的第二处在哥本哈根的阿西斯腾斯公墓。安徒生安葬在这里。

阿西斯腾斯公墓规模很大，以字母排序分为很多区，丹麦好些重要的文化人物都长眠于此。我们在墓园进门的工作处拿了一张位置图，按图索骥，很快就找到了安徒生的墓地。

安徒生的墓前立有长方形红色条石墓碑，四周围绕着修葺整理好的松树，四季秋海棠簇拥在墓碑前，红色的花朵正在盛开。上方刻有名字和生卒时间，墓碑的下方是一段古丹麦文，大意是："上帝赐予我们每个人的灵魂是永远不会泯灭的。肉体可以消失，但灵魂永生。"

去往阿西斯腾斯公墓，我其实另有一个更为重要的念想，我知道克尔凯郭尔葬在这里。根据墓园地图上的坐标，我们也找到了克尔凯郭尔的墓地。

这个墓地是克尔凯郭尔的家族墓地，墓碑现有三块，呈品字排列，哲学家和他的好些家族成员拥眠在此。我仔细地看墓碑的镌字，在一堆丹麦文里瞎猜，有好多克尔凯郭尔，那就只有从生卒时间上去找一找我在年轻时下功夫读过的这位哲学家。找到了，索伦·阿拜·克尔凯郭尔（SOREN AABYE KIERKEGAARD），1813—1855，享年42岁。

早年阅读克尔凯郭尔，做过很多摘抄，那些笔记本都还在我的书房里。我能记住的只是一些框架，比如他提出三种生存领域，审美（一种满足直接欲望的生存方式）、伦理（个体与群体的冲突，责任的意义和束缚）和宗教（化解审美境界和伦理境界带来的绝望，达到个体生存中的最高境界）。从北欧回来，翻出那些读书笔记，又在网上搜寻，那些记忆中的语句重新浮现。克尔凯郭尔有着哲学家的缜密头脑和准确且精致的表达，他有很多名言，利于归纳记录。比如：

> 在反省的海洋上，我们无法向任何人呼救，因为每一个救生圈都是辩证的，
>
> 客观的重音落在说什么，主观的重音落在如何说。
>
> 因激情而迷失之人所丧失的并不像失去激情的人所丧失的那么多。
>
> 有三种生存领域，即审美的、伦理的和宗教的生存领域。

相应的两片边缘领域是：反讽是审美与伦理之间的边缘领域；幽默则是伦理与宗教之间的边缘领域。

信仰的本质是成为秘密，成为个人的秘密。

……

我每到一个作家艺术家哲学家的故居或者墓园，都会尽可能地找个角落静静地坐上一会儿。一般来说，故居室内的各种家具那是只可观看不能使用，但台阶、走廊、庭园，都可以找到一个坐下来的地方，墓园更是方便静静安坐。

旅途中，记忆中坐的时间比较长的地方有：美国最南端的基韦斯特，海明威故居的庭园，游泳池旁边的一个长的铁椅子，一只猫贴着蓝色的池水边溜达过去，钻进了灌木丛中。海明威当年喂养的猫，后代繁盛，现在还有很多生活在这里。

在肯尼亚内罗毕的卡伦庄园的厨房后门的一个石凳子，远望咖啡园尽头的山坡；在《走出非洲》这本书和根据这本书改编的电影里，这个地方都被重点提及过，因为那些个目力可及的山坡，就是男主角飞机失事坠毁的地方，浓烟升腾，人心破碎。

挪威卑尔根，格里格故居的庭园，绝佳的俯视山谷的角度。现在在书房里写下这些文字，那些《培尔·金特》里的著名旋律就在回忆里，我记不得是格里格故居播放的背景音乐（很可能是），还是从我的耳机里传出来的。但那次的停留，格里格的音乐始终是萦绕的。

京都法然院，作家谷崎润一郎的墓和哲学家九鬼周造的墓，我前后去过四次，都是在夏和秋两个季节。坐在谷崎墓旁边的石头上，想象墓地上方那棵大樱花树开花的妩媚，还想象京都的雪落下来的样子。

……

克尔凯郭尔的墓地旁边，由黄栌树作为间隔，形成一个小小的园地，里面放着一把长椅，两位丹麦老人，在只有十几度的气温中，着短袖衬衣和短裤，啜着外卖咖啡，悠然享受他们的盛夏。他们用一根木头海盗铲跟我们同行的两个年轻人伊北和千皓玩在了一起。我四周转转走走，感受墓园的静谧安详。在欧洲，把墓园当作休闲放松场所的人不在少数。死人是最温柔的，他们就这么觉得。

丹麦的文化符号是安徒生，这位以其作品贯通全世界所有人的内心的童话作家，仿佛一道在世界上长流不止的溪流，所在之处，浸润无声，且没有阻隔，没有枯竭，从山到海，从海至云，再随着温暖的雨水降落人间。相比之下，代表着北欧形而上气息的哲学家克尔凯郭尔，知晓的人相对来说就太少了。虽然他对这个世界在精神层面的影响和渗透都非常厉害，存在主义的源头之一，但他不能成为丹麦的名片，因为过于孤寒。

在哥本哈根闲逛两天后，我们前往距离哥本哈根96公里的欧登塞，安徒生的故乡。欧登塞是丹麦第三大城市（人口不足20万），也是丹麦第二大岛英菲岛的首府。这里有一个围绕安徒生早年居所延伸建造的安徒生博物馆。安徒生长大后去了哥本哈根，上大学、工作、写作，最后在那里离世，并没有回到这个出生地。我们到欧登塞去玩，肯定要去看看安徒生，但事后回忆，感觉相当模糊。文学博物馆确实不好弄，展品多为照片、手稿、出版物，可观性比较差。相比之下，作家故居更有意思，如果复原比较到位的话，各种家具、家什、房间的光线，隔着门窗，里外流通的空气，以及随晨昏和季节流转变化的光影……这些"不变"，让已经逝去的那个主人以另外一种形态回返现场，与参观者在另外一个维度产生交流。

安徒生博物馆位于欧登塞老城布兰茨地区。在这里闲逛，有一种特别奇妙的身处北欧的感觉。

我们在欧登塞非常可爱的平房民宿住了一夜之后，返回哥本哈根。

在哥本哈根还有一处安徒生的著名痕迹，新港码头20号的安徒生故居。新港码头是新港运河的一个焦点区域，这是一个让人感觉轻盈愉悦的场所，河岸上是厚实稳重的公寓，紧挨在一起，外立面五颜六色，跟深蓝的河水和浅蓝的天空融合在一起，感觉很不北欧，感觉似乎来到了阿姆斯特丹。这种联想一点不意外，事后翻看资料得知，1669—1673年，丹麦开凿人工运河，将海水直接引进国王广场。当时的丹麦国王迷恋阿姆斯特姆的沿河风景，于是在运河两岸的建造过程中直接模仿。沿河这些彩色的房子都是三百多年前修建，一直处于修护刷新的过程中，所以看上去都相当鲜艳洁净。

运河两岸，公寓楼的底层，多为临街的铺面，商店、餐馆、咖啡馆，人头攒动。这中间，新港码头20号，是一栋红色外墙白色窗户的公寓楼，那种红，是不是应该叫作丹麦红？是从深红中小退一步恰到好处的红。据考，1834—1838年，安徒生住在20号；1848—1865年，安徒生住在67号，后搬离新港。在他生命的最后几年，1873—1875年，他又再次回到新港。按说，住了17年的67号应该比住了4年的20号更适合作为地标，但20号面对运河，更利于观览（说是面对运河的公寓为双号，反向的为单号），而且，这是一栋这么漂亮的红房子。

　　我去查了一下"丹麦红"，发现我非常喜欢的丹麦皇冠曲奇饼干的一种就叫作"丹麦红"。我还记得有一种颜色叫作挪威蓝，查了后发现，挪威蓝确实是颜料的一种，是比浅蓝色要深一点的蓝。

　　在新港码头的桥上放眼望去，沿岸的公寓楼，丹麦红、挪威蓝，真是不少，夹有深紫、浅褐、柠檬黄。在我的印象中，整个北欧都有一种被蓝色覆盖的感觉，其他的颜色仅为点缀。从桥上看过去，河岸左边就有新港码头20号这栋红得有点羞涩的公寓，这个时候，就会感觉这种红色与安徒生之间的关系是相当契合的。桥的铁栏杆上挂满了五颜六色的情锁，这份企盼爱意永恒的心情，单纯、纤细、怦然心动，微且弱，如同美人鱼、卖火柴的小女孩、拇指姑娘、豌豆公主……

哈姆雷特的城堡

丹麦王子哈姆雷特是否真有原型，有各种说法，一般倾向于没有。但到了丹麦的边城赫尔辛格，看到那座城堡的时候，我觉得哈姆雷特真的存在。这个城堡的气质与王子复仇这个故事之间的联系太显而易见了。

在北欧，一堆赫尔辛什么的，最有名的有三个，丹麦的赫尔辛格、瑞典的赫尔辛堡和芬兰的赫尔辛基。我们的北欧行，这三个赫尔辛都到了的。丹麦的赫尔辛格（Helsingör）和瑞典的赫尔辛堡（Helsingborg），早在11世纪就建城，两个地方是丹麦和瑞典最靠近的地带，隔着只有四公里距离的厄勒海峡，具有重要的军事战略意义。三个赫尔辛中，历史最短的是赫尔辛基，13世纪时，很多瑞典中部地区的人来到现在芬兰南部沿岸地区，他们用他们的家乡Hälsingland命名新的居住地，渐渐地有了赫尔辛基（Helsinki）这个地名。1809年，俄瑞战争之后，瑞典将这一区域割让给俄罗斯，一战后，1917年芬兰独立，首都为赫尔辛基。

哈姆雷特城堡，正式的名字叫作卡隆堡宫，始建于1574年，

1585年竣工。卡隆堡宫的历史前溯至1420年的Krogen堡垒，是当时的丹麦国王为了控制厄勒海峡并征收海峡通行费而兴建的。1629年的一场大火几乎将卡隆堡宫完全烧毁，之后克里斯蒂安四世重建了这座城堡。1690年，克里斯蒂安五世在卡隆堡宫外围加上了防御工事，将其加强为一座堡垒，此后丹麦皇室便很少在此居住了。从1785年到1923年，城堡一直归军方使用，直到近代才得到了完全的修缮。2000年，卡隆堡宫被联合国教科文组织列入世界遗产名录。

18世纪中叶，丹麦国王弗雷德里克五世决定在哥本哈根东部的欧尔松海滨建造一个新的宫殿。四座外观完全相同的宫殿在1754—1760年期间相继建成，并围成了一个八边形广场，弗雷德里克五世的骑马铜像被安放在广场中央。据说，阿美琳堡的四宫殿是丹麦王室的主要居所，其他三座宫殿由当初担任建造之责的丹麦贵族世袭居住。

阿美林堡宫的八角形广场对民众开放，是哥本哈根的重要旅游景点之一。

我和同行人在哥本哈根时，也在阿美琳堡宫逛了一大圈。我们是一大早去的，赶在旅游人潮之前。就我们几个人逛荡着，环形建筑群围绕着空旷的广场，阳光夹杂着青蓝色的阴影，绞裹游走其间。北欧的盛夏清晨，我们在T恤外面套着薄羽绒服，感受清冷的柔情。这个时候，不知道现在的丹麦女王玛格丽特二世是否住在宫殿里，从理论上讲，她可以透过这些建筑群的某一扇窗户眺望广场，也就是说，她可以看到我们，我们也可以看到她。我不知道这是不是这个世界上地理距离上最为亲民的王宫。

但在卡隆堡宫，哥本哈根的温情荡然无存。

卡隆堡宫，整座宫殿由石头建造，上面的铜屋顶已经完全被铜绿覆盖。不知道是不是我的错觉，其他区域的铜绿是青绿色，但北欧的铜绿是青白色的。青白色的铜屋顶、厚重的褐色石头外墙之上，是连绵的箭垛、尖塔。在这个宫殿的下面，是巨大的地下工事、监狱和各种逃脱之用的暗道，让这个城堡充溢着紧张不祥的气息。从中庭望向四周，是一扇扇细长的窗户，它们承接日光和月影的时候，会在清寥的石头地面上投下幽怨的阴影。城堡的外面，是环绕的护城河，河边的炮台一溜排开。红色的炮架、被青白铜绿覆盖的炮筒，还有下面绿成不同层次的草丛和河水，色彩的对比度和饱和度都相当好，在乌云和阳光的渲染中越发鲜明。

这座伫立在一片空旷之中的城堡，四周来犯可以一目了然，但在我的感觉里，它本身就具备一种招惹人去攻打去占领的欲望。它有一种阴郁偏执、威严冷峻的气息。

在卡隆堡宫外院的墙上，有一块莎士比亚的纪念浮雕像。相传，当年莎士比亚就是以这个城堡为背景写下了《哈姆雷特》，故卡隆堡宫又被称为哈姆雷特城堡。莎士比亚确实找到了一个绝好的故事发生地，虽然他并没有到过卡隆堡宫，可见这个城堡的独特气息，在那时已经闻名欧洲了。卡隆堡宫是1585年竣工的，那时莎士比亚21岁，《哈姆雷特》是莎士比亚在1599—1602年间创作的。

后来，每年夏季，卡隆堡宫都会举行莎士比亚戏剧节，其中一定会演出《哈姆雷特》。2016年的节庆尤为隆重，是时纪念莎士比亚逝世400周年以及卡隆堡宫举办世界上历史最悠久的莎士比亚传统活动200周年。

我喜欢两个版本的哈姆雷特，一个是电影版里面最有名的，1948年由劳伦斯·奥立弗自导自演的《王子复仇记》，还有一个是2015年本尼迪克特·康伯巴奇（被中国粉丝称为卷福）主演的舞台剧，我是通过英国皇家剧院的NTLIVE看到的。卷福的哈姆雷特，夹克、T恤、牛仔裤，这一出被当代戏剧人改造呈现的古典剧目，完全没有影响莎翁的覆盖力和感染力，由此也证明了莎士比亚的不朽。

在舞台上，现代人装扮的卷福，在黑沉沉的宫廷背景中，念着台词："谁愿意忍受人世的鞭挞和讥讽、压迫者的凌辱、傲慢者的冷眼、被轻蔑的爱情的惨痛、法律的迁延、官吏的横暴和费尽辛勤所换来的小人的鄙视。……生存还是毁灭，这的确是个问题，究竟哪样更崇高？是默然忍受命运无情的摧残，还是挺身反抗人世的苦难，把它们扫个干净。死了，睡着了，一切都完了。如果沉睡能了结心灵之痛以及肉体无法承受的千百种痛楚，那正是我求之不得的天大的好事。……"哈姆雷特确实是人类从未改变过的矛盾和痛苦的永恒代言人之一，他的述说放在任何一个时代，听上去都有切肤之感。在当今这个魔幻难言的时代，要想安顿一下自己，接近历史和文学，确乎是相对来说可以让自己相对超然的一个方法。

在我的回忆里，那天拜访卡隆堡宫，似乎有一种别样的光线跟随在身后，如果归于哈姆雷特的灵魂，那就离谱了。事后我翻看照片时终于明白了，是乌云和阳光！乌云和阳光始终相伴相随。

妻子的背影

在哥本哈根，丹麦国家美术馆的门口有一个大水池，允许进入，水池里还放着一些灰白色和灰绿色的铁艺椅子。夏天的时候，穿长裤的人挽起裤腿，短裤和裙子省了这道麻烦，他们走进水池，坐在椅子上，或望天发呆，或低头看书。

我没有进到水池里，我就在旁边看着，看着阳光在乌云的簇拥中倒映在水里的样子。

我刚看完展览出来，在里面，看到了大量的哈莫修依。这次运气真好，除了丹麦国家美术馆自己馆藏的哈莫修依，还有借自其他美术馆的哈莫修依，一共有好几十幅。

我是2010年才第一次看到哈莫修依的画册。他1864年生，1916年病逝，只活了52岁，其间一直居住在哥本哈根。他没留下任何日记之类的东西，死前还销毁了所有的信件，所以，他的生平已经无从详考了。他去世后，因题材冷僻、私人化、去情绪化和躲避潮流，被湮没了好几十年，近三十年才开始渐渐重回众人的视野，成为北欧极其重要的画家之一。

哈莫修依留下的画，主要是以他的家为描绘对象，物件精简，除了门窗之外，只有几件精致考究的实木家具以及家具上的瓷器摆件。人物很少，主要描绘的就是他的妻子爱尔达，而且，大多数是爱尔达的背影。

在我这些年看的画册里，爱尔达总是身穿黑色的连身长裙，挽着头发，露出细腻的脖颈……有好多幅哈莫修依的作品，都是定于家中的一个点上，往稍远处望去，依次出现的是爱尔达优美苗条的背影，深色的带弧度的实木家具，门和窗，还有窗外灰色的天光。那是北欧忧伤的天光。

那些年，我经常在书房里翻看哈莫修依。

一般情况下，一天之中，我会有两次从卧室正式步出（其间偶尔的进进出出不算），进入由书房、休闲厅、客厅和饭厅蔓延而成的一个挺宽阔的室内空间里。一次是晨起，一次是午眠之后。所谓正式步出的意义还在于，我从相对来说光线更加暗淡的卧室进入相对来说比较明亮的活动区域时，就被各种程度的绿色和灰色的漫射光所包围。绿色来自四周大量的植物，灰色来自成都最常见的阴天的天光。这个时候，我总是会仔细地左右注视一番。

这个季节，春末夏初，我倚在卧室玄关处的外墙往两边看。

右边是休闲厅的落地窗，看得见小区花园的区间道。如果运气好，我一天两次的注视中都会有猫的身影。我所在的这个小区猫太多了。猫的繁殖能力超强，几年前的几只猫，几年后就是一大堆猫，子子孙孙无穷尽也的感觉。这些猫都很漂亮，还很淡定，经常是三五成伙地蹲在道路中间，悠闲自在地各看各的风景。如果这个时候你招呼它们，要喊上很多声，它们才会看你一眼，然后，或不动，或慢慢走入路边的灌木丛深处，都不会再多看你一眼。猫们的傲慢和美丽彻底征服了我，每次在小区院子里遇到它们，我都会跟它们打招呼，不管是什么猫，我一律谄媚地叫它们"咪咪"。偶尔有几只猫比较随和，它们会回应一声，"喵"。

站在卧室玄关处往右边看出去的时候，如果猫们在那里（它们很多时候都在），这个时候我是不会招呼它们的。我还需要往左边看。

左边是我的书房，书房门正对着花园露台的门，一般情况下，这两道门都是打开的，常常有风，把阳光吹得轻轻荡漾着。花园里有石榴、绣球、樱花、红枫、桂花、柚子、蜡梅，树下的旱金莲那橘红的花瓣正在怒放。花园露台上摆放着清水盆和猫食盆，园子里常年安居着一只黄黑花猫。这是一只谨慎的母猫，这么些年，她在我家吃吃喝喝睡睡，但我稍微离她近一点，她一定走开，也不走远，隔上一段她认为安全的距离。后来我也懒得看她了，互不搭理。逐渐，她与我的距离逐渐缩短，从十来米到最近的五六米，默默地看着我每天早上给她以及她的家属放猫粮换清水。这种稍微放松一点的距离，我想就是她表达的感谢吧。

这些年，黄黑花猫带过好些男朋友来吃饭，还生下了很多孩子，每一批两三个，她带着小奶猫住在露台下面的空间，我们在那里铺了木板放了各种纸箱子，小猫们跟着猫妈妈在园子里吃饭、喝水，在草丛、花丛里嬉戏，一直等到某一天被猫妈妈赶出去自立，然后，猫妈妈又带回下一届男友……

下午午睡之后，一般情况下我就会穿过书房，来到露台上，摊开放在阅读架上的书，然后拿起毛线筐里的活计，边读边织；这个时候，如果从后面看我的话，我的头发是挽起的，脖颈是露在外面的……

——我以上所描述的一切都是为了和哈莫修依的画形成一种气场上的对应。茫茫人海，这个人，哈莫修依，是我的同类。

哈莫修依是极度安静的人。他固定在日常生活的深处，安之若素。他回避着世间的一切，用暗哑的色彩细细涂抹他的家庭景观，也就是他自己的内心景观。

我第一次翻看哈莫修依的画册就给击中了。我跟他是同一质地的人，有着深沉的不可动摇的室内情愫，对室内的一切，对静谧的一切，对日常的一切，反复咀嚼，津津有味，从不厌倦。而且，我知道，对于我这种人来说，这样的人生就是最好的人生。前几年，我在安徽文艺出版社出了一套三卷本的作品集，封面都是哈莫修依。

我先生是一位画家。他的画材很多都是室内人物。他会画妻子的背影吗？！当然，他看出去的色彩会鲜艳很多的，妻子的背影不在寒带的丹麦，在亚热带的中国西南。她的头发也是挽起来的，只在出门时放下来。

那些年，我从哈莫修依的画册，看爱尔达的背影和北欧云层浓厚的天光，我想，我会去实地看看的。之后，我真的就去了，那是2019年的夏天。

丹麦国家美术馆是一栋红砖外墙的老旧建筑，矮矮趴趴的，让人安心。这里面的哈莫修依有跟画册不太一样的内容。

背影还是大多数，除了爱尔达，还有哈莫修依母亲的背影，黑衣，围裙，在桌子前忙碌。

看到了爱尔达的正面肖像，她的面孔清秀素净，在桌前用咖啡勺搅着咖啡，面对前方，眼睛看着一边，若有所思。依然是挽着发髻，黑衣。

还有一张画室的傍晚，哈莫修依的母亲和妻子坐在桌边，各自低头干活。母亲是正面，妻子是斜侧面。

在妻子的背影系列中，新看到了几张。一张是妻子在拖地，木地板，水桶，没有家具的房间，从敞开的门看出去，另外一间也是空的。还有一张是妻子在卧室，两张床分别靠窗摆着，中间是窗户，关着的，白纱帘半撩挂在两边的窗棂扣上，窗外是树影，妻子站在窗前，朝外望着，从头和脖子的角度看，是朝楼下看。

还有好些哈莫修依的风景画。

哥本哈根的平房，两边的窗户，中央的门，平房后面两边等量的公寓建筑，被画框切掉一半；

海边，灰蒙蒙的码头，雪，灰白色的海面；

深褐色的树丛，淡褐色的光线从树丛中穿过，不知道是晨是昏；

河边，对岸的河堤，河堤上的一排树，远天的云压下来直到树梢；

厚重的楼房顶上厚重的雪，深深浅浅的褐色建筑外墙；

从冬天昏暗的光线远眺阿美琳堡宫；

……

这次在北欧，逛美术馆是旅行内容的重头。印象中除了丹麦国家美术馆，在瑞典的哥德堡艺术博物馆、挪威卑尔根的科德美术馆、芬兰赫尔辛基的Kiasma美术馆，我都遇到了哈莫修依。通观哈莫修依的作品，空间基本上是室内为主，季节基本上以冬天为主，但在我的观感中，他的画，没有比安静更加低沉的情绪，仅仅就是安静本身，人进入这些画里，就会找到存在而已的一种生命态度，卑微、笃定，而且非常高贵。

内心的时间反而加速

很多很多年前,我看到蒙克的肖像,就是我最喜欢的那种长相,身材修长、五官俊美、气质清冷,于是被我定格为"北欧面孔"。还有一个被我视为标准的"北欧面孔"的是英格玛·伯格曼。

那个时候,只能翻看各种蒙克的画册。为了显示跟他在心理层面上的亲近,我一般不跟人谈论他。看到各种印刷品上的"呐喊",我就跳翻过去,其刻意疏离的心态犹如"呐喊"就收藏在我手里似的。

后来,去了挪威,去了蒙克美术馆。

我和同行人去奥斯陆的蒙克美术馆,是在2019年7月21日。明明是夏天,但在我的回忆里却是冬天的感觉。蒙克就是冬天。

那天早上起来后就一直在下雨。我们住在山顶酒店Scandic,可以眺望烟雨迷蒙的奥斯陆的一部分城区。从气温上讲,北欧没有夏天,我们到了北欧之后,基本就没有脱下过厚外套,有的时候,还必须围上围巾来抵御早晚的寒气。雨中的奥斯陆更是阴冷,天空始终被铅灰的厚云堆积遮盖。这跟蒙克的气质倒是非常匹配。

10∶00开始在蒙克美术馆门前排队。队伍不算长,没排多长时间。细雨连绵,排队的人悄然无声。我看着入口,努力回想是在什么时候开始阅读蒙克。想不起来。一见倾心且毫无厌倦,这种缘分真是太难得了。对蒙克,就是这样。一般来说,我更喜欢笔触细腻的艺术家,比如安德鲁·怀斯、威尔汉姆·哈莫休伊、安东尼·加西亚·洛佩兹……蒙克的笔触可以说超越了所谓细腻与否这个范围,他在他的笔触中创造出了一种精神上的特别的气息,非常高贵,相当自由,但又有一种无法摆脱的自我囚禁的意味。

蒙克美术馆老馆被称为"老Toyen博物馆",1962年开放,一个平房建筑物,因占地面积有限,馆藏面积较为狭小,开放之后的几十年一直想方设法扩建而没能实施。我们遇到的是老馆最后的文献展,之后将闭馆,进入藏品归纳整理打包的阶段,然后搬迁至新馆。因为是老馆最后的文献展,展品十分丰足,尽量展现家底雄厚。我通过各种画册看过很多蒙克的作品,但在现场我发现还有很多是我以前没有看过的,这回我们不仅看到了,而且看的是原作。这份运气好得不可思议,不知道说什么好。好上加好的是,现场可以拍照。

前往奥斯陆,我首先就是冲着蒙克来的。这份展览礼遇,让我感觉千万里奔赴之后,迎面一个温暖的微笑。北欧夏天的冷雨也感觉暖洋洋的。

2021年10月开馆的蒙克美术馆新馆位于奥斯陆海滨,一座60米高13层楼的建筑，上面的一部分楼层"斜插"在下部，另外附有贝壳状的裙楼。整个建筑群在晨光和夕照中俯瞰峡湾，落成即成为奥斯陆的地标。蒙克美术馆收藏有42000多件艺术品和物品，有些作品尺幅巨大，我们在老馆的演讲厅看到过一幅近50平方米的画作，占了整整一面墙。后来看新闻说，搬迁的时候，先是把这幅画取下来用木箱打包，然后把房顶给掀了，再用起重机给吊出去的。至于说怎么进的新馆，我还没有看到相关报道。

在所有藏品搬迁完毕之后，蒙克美术馆新馆在2021年10月22日开放整理出名为"爱德华·蒙克：在时钟和床之间"特展，展出了220幅蒙克作品。看到这条消息时我很得意地暗笑，我在旧馆最后的时光看到的作品那可比这个特展多得多。

很难描述蒙克的画。最杰出的画家，画面就说明了一切，语言在其上无处容身。在他的画前，我感到深深的悲伤，但又深深地被慰藉。很多年前，我写了一部读画随笔《碎舞》，里面有一篇写蒙克。以后很多年我都不读这篇文字了。现在更不想读了。岁月走到后面，解释越来越少，也越来越没有必要。相比之下，我似乎更愿意回想一下我感受到的奥斯陆的风景，这是蒙克的眼睛看出去的城市。北欧城市都相当清冷，奥斯陆更甚，如果不是一个人的家乡的话，外来的人估计很难适应。我在想，安东尼·加西亚·洛佩兹在马德里街头写生，一笔一笔长时间细致描绘，他需要寻找熙攘的街头的清静时刻，蒙克也有很多的风景作品，在随时都十分清净的奥斯陆，他内心的时间反而加速，用他那种特别的迅疾的笔触和色彩来定格时间和空间。在奥斯陆的时候，目睹这个清冷之地，存在的主角不再是人，是自然本身，天、海、云、树，还有那些厚重的建筑和空旷的街道，真的就有一种内心的时间加速的感觉，似乎感觉一辈子很容易就能滑过去，了无痕迹。

在哥德堡遇到奥德

朋友孔杰、郭小凤已经移居瑞典二十多年了，住在哥德堡。

说到哥德堡，立马就会想起巴赫的《哥德堡变奏曲》，被誉为音乐史上结构最恢宏最复杂也是最伟大的变奏曲。可惜，两个哥德堡拉不上关系。《哥德堡变奏曲》的那个哥德堡，是巴赫的一位学生，当时侍奉俄国使臣凯瑟林伯爵，每天为患有失眠症的伯爵弹奏助眠。因弹奏曲目的需要，向老师巴赫定制变奏曲。1741年（或1742年）曲子完成后，伯爵十分满意，向巴赫授予重酬，这首曲子被命名为《哥德堡变奏曲》。

到了哥德堡之后，小凤姐在她精心侍弄的花园里，为我们准备了丰盛的烧烤大餐。烤肉、烤肠之外，凉拌茄子和凉拌萝卜，特别是一人一碗小面，展现了小凤姐作为成都姑娘的川菜厨艺。

北欧的家具一般都是白色的，在夏日的光线中显得柔和清爽，想必到了黑夜沉沉的冬天，这些白色的家具会起到安抚神经的作用。孔杰和小凤姐也是这种典型的北欧风格。

走在哥德堡的街上，看到那些临街房子的窗帘。窗帘从下到上只有一半，下半截拉上窗帘，遮挡路人的视线，上半截收集阳光，顺带着呈露出家中白色家具的一部分。路过时看到有一家的窗口，一丛蜀葵正在开花，水红色的花朵玲珑剔透。我站在那里看了好一会儿，内心柔和又隔膜的感觉不知道该如何辨识。

哥德堡是瑞典第二大城市，是瑞典最大的河流约塔河的出海口，港口终年不冻，是北欧的咽喉和工业中心，有450多条航线通往世界各地。文学艺术活动也相当活跃，其中在艾尔芙堡大桥下面的涂鸦公社，在全世界都很有名。我们去的时候，恰好没有什么活动，但在这个区域里的建筑的外墙和内墙、石头、围栏、楼梯、脚手架、集装箱、垃圾桶等各种载体上呈现的涂鸦，也足够张狂而浓烈了。

哥德堡艺术博物馆，是我们在这个城市的必选项目。这家博物馆收藏了从欧洲古典艺术到当代艺术的七万多件作品，规模和范围都相当丰厚。我们去参观时，遇到的特展是一个关于地球的自然展，迅速浏览之后，就赶紧去看常设藏品。

运气真好，一下子就看到了三幅哈莫修依，其中两幅可以归在"妻子的背影"之列，另外一幅是巴洛克风格的房间的一角，白色的天花板、粉红色的墙壁、砖红色的门、深褐色的两件古典家具，气息甜蜜，在哈莫修依的作品中，无论是色彩和氛围，都显得很独特难得。

刺激来自转入一个大展厅的那个瞬间。当代挪威艺术家奥德·纳德鲁姆名作《临终的夫妇》（*Dying Couple*）迎面扑来，真是吓了一大跳。先惊，后大喜。

惊喜的原因，一来是这幅画之前在网上看到过很多次，可以说是很熟悉的一幅画。仔细想来，这幅画也许是我最早被奥德吸引的作品之一。与原作相遇完全没有任何心理准备。再就是没想到这幅画尺幅如此巨大，目测有2.5x3米，体量大，冲击力也就很大。惊喜之三，是哥德堡艺术博物馆的展品不仅可以拍照，画前还没有拦线，理论上讲，我可以抚摸这幅画。我从来没有在美术馆里如此近距离、长时间地端详一幅画。我用手机镜头仔细地抚摸它，尽可能地拍下了这幅画的各种细节。

《临终的夫妇》是奥德1994年创作的。在这幅画中，一个女人和一个男人躺在黑色的地上，四周都是荒凉的景色。他们有着年轻而丰美的胴体，赤裸着，相隔一段距离，相反地仰躺着，各自的左手握拳凌空放置在胸口的位置。画边的说明标签上，说明这个姿势时，用了cramped这个词，crampde poses，直译是狭窄的姿势。看上去不通，但仔细想想，好像很贴切。虽然四周都是广阔的荒漠，但人的存在是狭窄的、逼仄的、窒息的。作品旁边的说明标签上说，"……他们是谁？也许是最后的人类。他们旁边躺着古代武器和动物皮制成的物品。奥德的绘画风格与我们这个肤浅的时代拉开了距离，直接进入了人类起源和命运的存在主义问题。"

奥德1944年出生于瑞典的赫尔辛堡，1945年跟随父母回到挪威生活，1951年开始学习画画。之后，就读于奥斯陆美术学院，后来还到杜塞尔多夫艺术学院学习，师从约瑟夫·博伊斯。在当代艺术界，奥德以性格和外形的古怪著称，他披头散发，终日穿着古罗马风格的袍子，很少在媒体上露面。

当代架上绘画，让人一眼看上去就被定住的艺术家说来也是相当稀缺的。很多的当代作品，需要在语言的辅助解读之后才能呈现它的创作意图。但奥德·纳德鲁姆是一个例外。他的作品跟当代气息似乎有着遥远的距离，它们似乎是神话的，洪荒意味的，形而上的，终极追问的，哲学的，神秘主义的……不论从哪个角度解读，都呈现幽远的景深。最为奇特的是，解读本身完全不重要或者说不需要，奥德作品本身，以杰出的绘画技法和难以言喻的深邃和古怪，就足以把人给死死地定住。

北欧稀朗的风景，会让人聚焦，会加大内心的密度。在这个当代艺术都在探索新的艺术语言和尽可能多的视觉表达手段的时候，甚至是人们都在努力突破架上绘画的时候，奥德回到古典油画的传统中去。泛神的，原始宗教的。有评论谈及奥德的题材，"激情，暴力，神圣，残忍，死亡，疯狂，污秽，恐怖，所有这些不稳定的人类原始情绪，无论是过去还是现在都不会湮灭。复杂的灵魂和脆弱的肉体才是最真实的人类。"

很多艺术评论都说，奥德深受伦勃朗和蒙克的影响。他延续了伦勃朗的黑暗背景和光线对比，以及精妙的笔触，他的精神内核来自于蒙克，一种对于生命存在的深深的厌倦。奥德的画面是戏剧化的、舞台化的、古希腊悲剧意味的，这些悬浮的气息与精湛的技艺结合在一起，超越了日常。他很浓烈，跟蒙克情感上的浓烈的孤独和伦勃朗在光影呈现上的浓烈的对比一样。很多时候,浓烈似乎比稀薄更让人产生距离感。就是这种距离感,诱人深入。

斯德哥尔摩的锚点

对于斯德哥尔摩的记忆,两个锚点,一是诗人、翻译家许岚和她的家,还有就是许岚翻译的长篇小说《男人》。前者在斯德哥尔摩现场,后者在书里。

诗人、翻译家许岚是我的朋友,成都人,毕业于四川大学,在川大遇到瑞典留学生Björn Kjellgren(中文最接近的发音应该是比昂,但他自己给自己取了中文名叫熊彪,中国朋友们都叫他彪),两人相爱结婚后就移居瑞典了,之后,养育一儿一女之外,许岚常年任职瑞典尔雅文化协会(Kulturförening Erya),从事瑞典与其他国家之间的文化交流。

2019年的夏天,我们几个人的北欧行程与许岚和彪的西欧旅行重合了,但在我们离开斯德哥尔摩前一天,他俩从比利时赶了回来,当天就在家里宴请我们。彪是大厨,那顿饭我印象深的有马苏里奶酪青菜沙拉、胡萝卜孜然烧肉,还有一大盘火参派。许岚告诉我,火参在中国叫作大黄,是一味中药,在瑞典是一种食材,火参派是常见的餐后菜,吃的时候配上香草冰激凌。

许岚和彪住在斯德哥尔摩南岛上的一个叫作Södermalm的老城区里，寂静的街道两边都是厚重的公寓楼，看着就足以抵御北欧的寒冷，也能护佑室内的温暖。他们家的房间是长条形的，进门后沿着走廊，房间分列两边，最靠外的房间是餐厅，往里走才是客厅。我想起我从小长大的成都铁路局大院宿舍，那些房子据说都是苏式的，都是这种长条形的房子。我有一个从小腻在一起的闺密，她的房间在进门的右手，再里面才是她家的饭厅、客厅，父母的房间在走廊的深处，那时我们这些小伙伴可以悄悄进出她的房间，大人们都不知道。

这些年看朋友圈，经常看到许岚游泳。不是去游泳馆，她游泳的地方，要么是湖，要么是海。湖是梅拉伦湖，瑞典的第三大湖，海是波罗的海，她家所在的南岛，正好位于梅拉伦湖和波罗的海的交汇处。我有时候看到时至深秋她还在下水，颇为感佩她的毅力。到了斯德哥尔摩，盛夏的气温已经相当于中国的深秋，我才发觉她在深秋的斯德哥尔摩下水游泳是多大的能耐。最近三年，许岚和彪还冬泳，在雪地里下到湖水中，她说，她周围的瑞典朋友都很惊叹。

那天我们吃完饭，由许岚和彪陪着先在四周逛逛。这个街区是彪出生长大的地方，他的父母就住在同一条街上。在夏草葳蕤凉风袭人的傍晚转了一大圈，许岚给我介绍这个岛那个岛，我一头雾水，直到读《男人》，斯城作为千岛之城的这个概念才似乎进入我的头脑里。许岚和彪住在南岛，这是斯城市区内面积最大、历史最长的一个岛。

告别时，许岚指了指旁边的湖水说，我要从这里下水了，就不陪你们走到你们停车的地方了。她看我疑惑，指了指自己的黑色连衣裙说，游泳衣已经穿在里面了。其实我对游泳衣一点都不疑惑，是将身比身地感慨，我穿着薄羽绒服围着围巾依然感觉清寒渗肤，但她要下水游泳。在北欧待久了的中国人，也练成了特别的体质吧。常年的游泳，让许岚一直保持着青春期的纤细苗条，但又很结实有力。

许岚告诉我，瑞典的盛夏，正常气温在22～27℃，偶尔会上30℃，但我们遇到了冷夏。

2022年，许岚托出版社寄来了她的最新译作《男人》，作者是瑞典著名作家贡·布丽特·苏德斯特姆，这部小说是瑞典的女性文学经典，问世半个世纪以来一直畅销，还被翻译成多个语种出版，现在，中文简体版经许岚之手翻译介绍给了中国的读者。

一本诞生在五十年前的小说，除了时代背景和现在不同之外，两性关系之间彼此的试探、磨合、揉搓、无奈，跟现在一样，或者说，跟任何时候都一样，亘古不变的主题和模式。

许岚译本的腰封广告语很有阅读诱惑力，用的是丹麦哲学家克尔凯郭尔的一句话："结婚，你会后悔；不结婚，你也会后悔；结不结婚，你都会后悔。"如此人生死局，让人哑然失笑。

在书中，女主人公有一段话跟克尔凯郭尔的这段话应和在一起，她说，"在一起极其可怕，但分手却又如此悲哀。"

阅读过程中，两位有着知识分子身份又带有浓重的北欧哲学气息，一直处于"巨大的伤怀"之中的主人公，他们之间的困局其实完全在我的想象范围和理解范围之内，没有意外，有的只是时时遇到的会心之处。但我遇到下面这句话时，有点愣住了，"不用点偏见做保护来简化生活，日子怎么过？那早就被人生的丰富多彩给搞垮了。"它为什么这么对我的口味呢？后来我把这句话想了很久。是的，我就是那种对普通意义上的所谓人生的丰富多彩并不给予价值好评的人，这也可能是我面对北欧景貌感觉很对口味的原因吧。

> 很多时候,
> 语言是个很糟糕
> 的东西

连续很多天没出门。

除非有事或者有约,我一般不会主动安排什么外出事宜。

继续写小说。要写一段吵架。一般来说,吵架是出效果的,凸显所谓的冲突张力。写着写着,觉得一点意思也没有。倒回去看了看,然后删掉了。

前些天看了HBO最近推出的电视剧《婚姻场景》,是根据英格玛·伯格曼的原作改编的,由蜜雪儿·威廉斯和奥斯卡·伊萨克主演。两个人的对手戏,全靠台词推进剧情。表演很厉害,台词很厉害,从角色的心理和情绪出发的情节推演也相当棒。但五集看完后,他们为啥吵架,为啥分手,都一片模糊了。剧里的人物糊涂了,观众也糊涂了。不是一直都在掏心掏肺地深入交流吗?为什么会如此变形、歪曲、误会,直至坍塌?

感情还在,彼此伤害的那种痛也在。如果不说那么多话,如果不去探究那么多爱或者不爱,如果不要求那么清晰(本没有的东西),如果不那么掏心掏肺翻肠倒肚把别人抵死也把自己逼死,那么，可以呼吸的空气，可以回旋的空间，都还是有的，那就不会毁损到无法挽回的地步。

很多时候，语言是个很糟糕的东西。人们为什么跟宠物那么恩爱，多半是因为猫猫狗狗不会说话。

1973年，进入了第五次婚姻的英格玛·伯格曼推出了他的作品《婚姻场景》，一部总长度约为300分钟的6集电视剧，之后，他亲自将其剪辑为一部3小时左右的电影版本，还改编了一部同名话剧。1980年，他将其中两个配角的故事提取出来，拍摄了电影《傀儡生命》。2003年，伯格曼85岁，正式息影前的最后一部作品是《萨拉邦德》（片名是一种西班牙古代舞曲的名字），被普遍认为是《婚姻场景》的续篇。

伯格曼版的《婚姻场景》的女主角是丽芙·乌尔曼，《萨拉邦德》的女主角也是丽芙·乌尔曼。每个艺术大师的生命中总有一两个不可剥离的重要的人物，对于英格玛·伯格曼来说，这个名字就是丽芙·乌尔曼。她在艺术生活和现实生活两方面，双重地深深地嵌进了伯格曼的生命里。2019年夏天，我在北欧旅行，在挪威奥斯陆的国家剧院外面，看到了乌尔曼的大幅照片。起初一愣，马上反应过来，她本来就是挪威人。1939年出生的老妇人，神态比年轻时看上去要舒展明艳，看来晚年安适。照片墙的玻璃反光，正好把乌尔曼和我以及同行友人谭卫东一起框进了我拍下的画面里。

在《萨拉邦德》里，女主角玛丽安决定去看看分手了三十年的老情人约翰。约翰一个人过着与世隔绝的生活，与子女孙辈之间关系淡漠……这是伯格曼晚年生活的真实写照，他隐居在法罗岛上，并在2007年89岁时在此安然离世。

2019年7月29日，我们从已经住下来的哥特兰岛坐渡轮到其附属的法罗岛。现在的法罗岛依然荒凉寂寥，道路两边是大片的野地和杂林，再外面就是乱石嶙峋的海滩和灰扑扑的海面。我们到的这天，是一个阴天。

在法罗教堂墓地的一个角落找到伯格曼的墓地。他和他的第五任妻子英格丽葬在了一起。英格丽是在1995年去世的。

之前，乌尔曼与伯格曼一起在法罗岛上生活了五年。他们没有办理过结婚手续，在70年代初分手的时候，伯格曼留下了乌尔曼的狗，乌尔曼则带走了他们共同的女儿。

伯格曼的墓，在大树的树荫之下，背靠矮墙外的原野，面向波罗的海，一块天然墓石上，刻有伯格曼和妻子英格丽的名字和生卒年，墓石前栽有一丛白色秋海棠，正在开花。我看着如此朴素低调的墓地，心境柔和安静，犹如不远处静静的海面。

法罗岛上有英格玛·伯格曼纪念中心，是一所小学校改建的。伯格曼故居没有对外开放。在伯格曼纪念中心，有关于故居的建筑图纸、外观照片和室内外景貌的VR。故居据说现在是一个导演驻留中心，好像是针对青年导演的一个项目，全世界范围的青年导演可以向管理委员会提交驻留申请，通过后可以入住伯格曼故居一段时间，在大师的冥冥庇护之中进行创作。之前我在网上看到一张照片，李安扑在"电影上的父亲"伯格曼怀里痛哭流涕。彼时李安正在拍摄《色戒》，困苦不堪，跑到法罗岛求见伯格曼，已经基本不见人的伯格曼接见了李安，并给予了他鼓励。半年后伯格曼去世，李安完成了《色戒》。希望驻留的那些青年导演也能像李安那样获得来自大师的力量。

我们到的第二天，2019年7月30日，是伯格曼去世12周年纪念日。

2019年夏天，在漫长的疫情中回想起来好像已经是很久以前了。那个阴天里荒凉沉郁的法罗岛，千万里地走过去，只在那里待了几个小时，但记忆的余绪，却像彗星的尾巴一样蔓延不绝。我曾经对谭卫东说，我要好好写写伯格曼，写写我在青年时期与他的电影相伴的那些个夜晚。但现在我决定不多写了。

伯格曼在《婚姻场景》的结尾处，通过男主人公告诫道："假如我们谈爱谈得太多，爱会消耗光的。"

哥特兰的黄昏

在我的电脑相册里,有一组哥特兰海边夕阳的照片。那是我2019年夏天在哥特兰岛拍的。平静的灰色海面上染着夕阳的粉红色,又没染进去,悬着。太阳掉在海平面的上面,摇摇欲坠。人们或坐或站,跟海滩上的礁石一样,都成了黑色的剪影。如果此时我想要看看人们的面孔,就要化作一只鸟,先朝着太阳飞去,然后掉头俯冲回来,在高速中扫描面孔,再掠过他们的头顶。

那一刻,我就是化作了一只鸟。

强烈的代入感是我从小至今的一个特点。随着年龄增添浓度有所下降。我遇到的跟我有同样这个特质的人是何多苓老师。有一次我跟他一起听钢琴,然后我小声地说,每次听到喜欢的音乐,无论是弹还是唱,我都觉得是我在弹和唱。这话我从来没有对人说过,可能自知太古怪了吧,那天不知道为什么这句话对着何多脱口而出。何多听了,一激灵,真的是一激灵,他说,哎呀,我也是这样,我终于遇到一个和我一样的人了。2022年7月下旬,苏州的两位艺术家朋友,杨明陈蕾夫妇回成都省亲,其间大家一起吃火锅,何多说他做了一个非常清晰的梦，梦见自己在香港红磡体育馆开演唱会，台下观众山呼海啸，开演前他还说了一句话，等开完这个演唱会，我还是要回去画画的。一起火锅的朋友全都笑喷了。何多说，怕以后把这个梦忘了，说出来，大家帮我记着。我说，你不会忘的，等你100岁的时候接受采访回顾过往经历的时候，你会说你在红磡体育馆开过演唱会的。

100岁的人，把梦和对现实的记忆混为一体，也真的很幸福。如果真能这样，我们大家的暮年是可以期待的。人的记忆都是选择性记忆，很多时候会把过往的苦闷、难过、不堪、悲伤删除掉，留下很多美好的印记，如果再混合那些从未实现的梦想和愿望，这份暮年的记忆大餐就相当美味了。

在2019年去瑞典哥特兰岛之前，我已经做了一些关于这个岛的功课，因为之前许岚曾邀请我参加瑞典尔雅文化协会的作家驻留计划，驻足点就在哥特兰岛。这个计划已在商议中，但我困于时间上和工作上的各种冲突。而那几年，根据写作计划，我的旅行采风计划也相当密集，重点是日本。然后，我作为一个观光客来到了哥特兰岛短暂停留，这样的旅程，可能会让我以后在驻留时更加顺利地进入吧。

我们在网上订了哥特兰岛的维斯比老城区的一栋民宿。到了才发现，这栋两层楼的房子是如此宽敞且舒适，从花草葱郁的小院开了门出去是交错延伸的石板路小巷，穿行一会儿就到了海边。在许岚翻译的瑞典作家贡·布丽特·苏德斯特姆的小说《男人》里，有这么一段关于哥特兰岛和附近的法罗岛的描述:"……哥特兰岛闻着有海藻、绵羊和玫瑰的味道。很平坦,像是完全为骑自行车而修的似的。但法罗岛你却几乎都不敢提到,怕它会因此而消失了。悬崖,草地,一棵棵被风压得矮矮的松树。绵羊和灰色的石头,没办法区分出来。海,地平线,一个个被风压得矮矮的骑自行车的人。……"

是的,在哥特兰,玫瑰随时随地,许多许多的玫瑰枝丛在墙头墙角伸展开来,玫瑰香裹着阳光更加浓烈,一路跟随。有时候,在小巷子里一拐弯,一大丛玫瑰猛地扑过来,气势相当突兀猛烈,要吓一跳。英格玛·伯格曼嫌斯德哥尔摩不够清冷,还嫌哥特兰岛不够清冷,只有隐居在清冷至荒凉的法罗岛才符合他的心意。他是不是嫌哥特兰岛的这些玫瑰太喧闹了?

2019年7月30日的清晨,在住所宽大的厨房里,我和谭卫东一起做了十四个三明治。晨风清甜,我时不时望向厨房外面的院子,那些硕大的红玫瑰在晨光中一点点醒过来,亮起来。

每一个三明治的里面是淋好了酱汁的培根、西红柿和酸黄瓜。这一天,到中午的时候我们会离开哥特兰,坐渡轮回斯德哥尔摩,这些三明治是我们一行六人在船上的午餐。其余的食材我们在早餐时解决掉。我们这一路,很多时候都是从超市买回各种食材自己做饭,吃得最多是北极甜虾。

回斯德哥尔摩的渡轮是12:30起航,三个多小时后到达斯市的尼奈斯港。那天早餐后,离去码头还有一大段时间,我们出门闲逛至附近的林奈花园。植物学权威的植物园,植物自然是重点,一时半会儿说不完,园中的亮点是林奈像,草坪上的一个很大的树根头部雕像,丑乖丑乖的,特别突出了林奈巨大的鹰钩鼻。

因为在植物学领域被封神,很多地方都有林奈雕像,瑞典尤其多。我看过一些照片,很有名的有美国芝加哥大学、瑞典乌普萨拉大学的林奈全身青铜雕像,立在高高的基座上,俯瞰众人;中国广州的华南植物园也有林奈塑像。这些雕像一般都是林奈功成名就的模样,有着相当的权威气息,但在林奈博物馆(同时也是林奈植物园)和美国克利夫兰自然博物馆的林奈雕像,都是青年林奈,是身材纤细修长的美男子。到了哥特兰岛的林奈花园,林奈从一个巨大的树根中"长"出来,立在草坪上的头胸像,一人多高,鼓胀的眼睛,巨大的鹰钩鼻,漫画手法,相当可爱。

哥特兰岛的玫瑰和其他植物如此亮眼,我就认为是因为有林奈这位现代植物学之父的庇护吧。从码头离开时,站在船尾的甲板上,看着奔涌追随的浪花和渐行渐远的海岸,心中认定这是一处我愿意再来的地方,我想再来看看"一缕绯红浸入黄昏的哥特兰岛,越金黄,越动人",这是广州诗人黄礼孩的诗句。

在这首名为《哥特兰岛》的诗里,黄礼孩写道,

一场雨把我们遗落在海岛,遇见你
遇见飞鱼在海的身上亲吻出微光
一切在灰色的天空下闪亮,我们在

细细作响的楸树下交谈,我爱上这平凡的一刻
……

海鸥食堂

很多年前，第一次看日本导演荻上直子的电影《海鸥食堂》，被那种淡默且深邃的气息给深深地吸引。这是我观影观剧的首选口味，也许"丧"这个词正好用来表达这种口味。丧，不奢望，不冲动，些微凄凉，相当安静、沉默、隐忍，认真对待活着这件事，并在其中寻找到一些琐细的乐趣。我觉得这就是人生的本质，是体面的、哑光的、朴实的，也是亲切的。

海鸥食堂在电影诞生之前是没有的，那是荻上直子在赫尔辛基的一条小街上找的一处拍摄场所。因为这部电影的拥趸相当忠实，所以后来这处用于拍摄的小店真的就成了海鸥食堂。2019年8月1日，我和同行人到了赫尔辛基的当天，就跑到海鸥食堂打了卡。

那天我们到的时候，接待我们的店员是一位来自京都的青年，我们从他那里得知，这家店是电影在此拍摄八年后由日本人接手的。之后一直有《海鸥食堂》的影迷来此打卡，就像我们一样。

这是一家临街的小店，是公寓楼的底商之一。这一片的底商店面都往里缩进去一截，窄窄的骑楼檐下就成了露天外场。有趣的是，这片外场与行车的街道之间是临街停车点，一溜五颜六色的车一直排到街的尽头，我的视线里，最远的一辆是天蓝色的，完美地融入天光之中。

海鸥食堂在它的外场摆了几张铁艺桌子和椅子，红、黄、蓝三色，蓝色跟店招的蓝色一致，都是海蓝色，店招上是一个手绘白色海鸥，很肥，店名用的是日语"鸥（かもめ）"的罗马注音"KAMOME"。广告语是"FINLAND meets JAPAN food and style"，这里的这个style,我觉得译成"腔调"最合适。确实就是腔调啊，一部电影里的几个普通人，经过电影的滤镜效应，漫射至现实生活中，唤起了许多观众的梦想和情愫，然后千万里地飞过来，在一家估计最多一百多平米的小店里，喝喝咖啡吃吃东西，东张西望墙上的各种海报和剧照，最后也许还买点东西。我和谭博士就一人买了一个小挎包，浅蓝色的小羊皮包，很柔软，上面刻印着那只肥胖的海鸥。不便宜的，卖的就是只此一家别无分店的限量款。这个包，我其实只在家附近出入时才用，容量太小。

那天，依旧是北欧清爽晴朗的夏日天光，我点了冰拿铁，在外场的座位上慢慢喝，回想电影里沉静幽远的气息。我看过好几遍《海鸥食堂》，在这部电影里，片桐入饰演的中年女人，往地图上扔骰子，骰子滚到赫尔辛基，然后她背着包就飞去了。这个段落，曾经在我脑子里臆想过很多遍。当我真的坐在赫尔辛基的街边，在海鸥食堂啜着冰拿铁，是在严密周全的旅行攻略准备之后，而且攻略还不是我做的，是谭博士做的。想象和现实，从来就是如此泾渭分明。

荻上直子是编导合一的作家、电影创作人。她的作品不算多，自成名作《海鸥食堂》（2006）之后，有《眼镜》（2007）、《厕所》（2010）。近几年，荻上的作品依然不多，有电影《租赁猫》（2012）、《人生密密缝》（2017）。2021年，荻上直子久违地出了作品，居然还是电视剧，《来杯咖啡如何？》。

《海鸥食堂》《眼镜》《厕所》，这三部可以视为荻上代表作三部曲的电影，都有女演员䕫真佐子参演，并且在电影中构成了气质核心。仔细想想，跟荻上直子多次合作的那些个演员，小林聪美、市川实日子，还有主演《来杯咖啡如何？》的中村伦也，确实跟荻上直子的气息相当吻合。

由䕫真佐子为代表的荻上直子的演员们能呈现某种雨后彩虹般的效果。䕫真佐子是一个非常普通的老年女演员（近来比较显眼的角色，是日剧《四重奏》里那位追查儿媳松隆子的婆婆），她戴着一副眼镜，身材矮小，五官平淡，总是带有一种怔怔不知所言的味道，所以，她的角色一向是相当沉默的。但是，她整个人就是有一种特别的气场，很安静，很坚韧，很慑人。当她难得地微微一笑时，整个画面就亮起来了，就温暖了，就结实了。我明白䕫真佐子为什么会成为荻上直子的御用演员——她就是荻上直子的禅意表达，只能意会，不能言传；但能够在荻上直子那缓慢洁净的电影里获得感动的人，就能体会她那颗清净有为的心。

是清净有为，并非清静无为。

从《海鸥食堂》开始，我就成了荻上直子的拥趸。我认为，她拍的是真正的励志电影。她告诉我们，生活本身是平淡无奇的，对于绝大多数人来说，生活就是平常的日子，日复一日，周而复始，没有冲刺的跑道，没有攀爬的空间，有的只是被生活的大块面挤压出来的缝隙，充满了由寂寞沮丧无聊悲哀填充的点点滴滴，很潮湿，很阴霾，甚至有的时候风雨交加。但是，有心的人，动情的人，就能从一个特别的角度让这些潮湿阴霾的点点滴滴绽放出彩虹的光芒，宁静而欢愉。

第九辑 美国

66号公路的现实和电影

2015年4月18日,我们,何工、周露苗、我,开启环美自驾三人行之公路狂奔版。

狂奔的起点准确说是从加州的圣地亚哥开始的。我们这趟的出发地点是洛杉矶,但我们想先逛一下美墨边境上的墨西哥小城提华纳,就从洛杉矶附近的圣地亚哥出境,去那边兜了一天,然后返回。从圣地亚哥往西北开了一截后,我们的领队兼司机兼翻译何工老师对我们说,上40号公路了哈。

这就开始有点激动了。也就是说,我们踏上了非常著名的66号公路。约翰·斯坦贝克在《愤怒的葡萄》里,把这条公路称作"母亲之路"。

66号公路始建于1926年,连接了芝加哥和洛杉矶,全长2448英里(约3939公里)。这条公路前前后后修了十几年,正式竣工是1938年。这段时间,正值美国经济大萧条时期,这个工程当时为数以万计的美国人提供了就业机会,被称为大萧条时期的救命稻草。公路建成后,贯通且促进了美国东西海岸之间的包括人员和物资的各种流通，对美国经济的飞跃发展居功甚伟。1984年，公路改建，原有的66号公路包含在40号州际公路之中，但沿途好些原址还保留着，成为美国公路文化的历史见证。

因为要赶路，66号公路两边穿插下去的好些景点我们都没有去，但在途经的很多加油站的商店里，66号的历史气息扑面而来：一进门，各种印有"Route 66"字样的T恤、汽车牌挂得满满当当的，随时提醒旅人们：你们是在66号公路上哦。我买了一件这样的T恤。

我们走的是66号公路其中的一段，穿过了五个州，加利福尼亚、亚利桑那、得克萨斯、俄克拉荷马和堪萨斯。我们走的这一段，恰是以前在电影里看到的典型的美国西部景貌：白花花的烈日下，迎面而来除了延绵不绝的公路之外，就是延绵不绝的石山以及延绵不绝的戈壁，植被稀少，只有矮小零星的衰草和鬼魅一般的巨型仙人掌。在这样的景貌中，太阳也显得格外的严厉和凶险，白，惨烈的白。可以想象，这个时候，如果见到一匹马驮着一个挎枪的牛仔从远处而来，该是多么让人绝望的孤寂啊。我坐在副驾上，眼睛逐渐发愣，有亡命天涯不知所终的那种感觉，这个时候，好不容易遇到一辆超过我们的车或者迎面而来的车，我都想跟人家打个招呼。

66号公路在与太平洋铁路并行的那一段长长的区域里，在20世纪30年代，一直是美国劫匪活跃的地区，他们在这个区域内，上劫火车，下劫公路，那叫一个彪悍啊！

关于这段历史，美国很多电影都有呈现。我首先想到的是我非常偏爱的一部电影——《虎豹小霸王》。如果仔细考察，《虎豹小霸王》的故事时间跟66号公路的时间其实并不太吻合，但发生区域是在这一块。对于一部虚构的电影，就不用那么严谨了吧。

1969年出品的《虎豹小霸王》是传统美国西部片的颠覆之作，当年引起了极大的轰动，又叫好又叫座。片中两个劫匪主要是抢太平洋铁路上的货车。跟以往西部片里的那些僵直坚硬的英雄和坏蛋不一样的是，保罗·纽曼饰演的布奇和罗伯特·雷德饰演的日舞小子从质地上讲轻松了很多，他们显得弹性很大，跳出来的空间也很轻盈，他们是道德和文化上双重的规外人物，是彻底的个人主义者，是浪漫、温存、调皮、诙谐的坏人，有一套令人莞尔的混账逻辑和一种浑不吝的魅力。这两个角色的轻松，在于他们身上没有文化的印记，而又天资卓越、个性美好，这种人物让人有一种本能上的好感，或者说是生理意义上的好感。说起来《虎豹小霸王》是一部悲剧，两个歹徒的悲剧。但两人冲将出去万劫不复的那个定格的结尾，让人微笑。可以说，这是唯一的一部我愿意一而再再而三观赏的悲剧。这次奔行在66号公路上，我再一次回想那部迷人的电影，回忆他们的逃亡、斗嘴、调情和幻想，回忆他们的坏笑。片中女主角是女教师艾塔，一个天性生猛且浪漫的姑娘，跟着他们一路打家劫舍，到了最后，艾塔说，跟着你们很过瘾，但不要让我亲眼见你们死，那个场面恕我就不奉陪了。

艾塔跑了，邦妮可是一路死磕到底。是的，著名的雌雄大盗邦妮和克莱德也是在这个区域的得克萨斯境内出没、成名、发迹且最终毁灭的。那是66号公路正在修建的时期，20世纪30年代。

黑道鸳鸯的故事可以说是电影的一个母题。其中的经典就有改编自真人真事的《邦妮和克莱德》。这部片子成为经典有几个要素。第一，菲·唐纳薇饰演的邦妮和沃伦·比蒂饰演的克莱德都漂亮得耀眼，他们身上有一种诱人的邪气；第二，两个人之间无缘无故的爱和忠贞，十分突兀，但相当动人；第三，也是最奇怪的一点，这对黑道鸳鸯没有性生活，因为男方性无能。这也为大盗克莱德的疯狂行为提供了一个心理学上的佐证：他用对抗社会的方式来和自己心爱的女人做爱。《邦妮和克莱德》是1967年出品的，迄今还是黑道鸳鸯片的巅峰之作。结尾处两人被警察乱枪打死的镜头让人难忘，是近乎于纪实片似的死法，那种残酷、真实和破灭，给人的冲击力，难以超越。

上了66号公路不久，停车小憩，我站在路边车前，摆了一个pose。这个时候，我想起了菲·唐纳薇演的邦妮。这部十分酷炫的电影，曾是我青春期的大麻。……电影一开头，二十四岁的邦妮裸着身子对着镜子抹口红，听到有人在鼓捣汽车，便从窗口探出去，晨光里，她与那个正在偷她家汽车的俊俏男人一见钟情——全美国最著名的一对雌雄大盗从此结盟。……

到达的圣塔菲，想象的陶斯

有几个美国地名一直萦绕于我，不是纽约，也不是芝加哥、圣弗朗西斯科、洛杉矶。它们都太大了。萦绕于我的几个地名，小且柔美，其中有新墨西哥州的圣塔菲和圣塔菲旁边的小镇陶斯。圣塔菲和陶斯，是和乔治亚·欧姬芙这个名字联系在一起的。圣塔菲有欧姬芙博物馆，陶斯有她的故居。

2015年4月，我来到了圣塔菲。可惜的是，因为行程的关系，陶斯没有去成。

在此之前，我对于欧姬芙的阅读已经很久了。我喜欢她的画，巨大的特写视角的花卉和关于沙漠的风景，尤其喜欢她将风景、牛头骨和花卉组合在一起的画面，死亡和生机、短暂和永恒、硬朗和柔美，各种气质并置，化学反应后相当玄妙。我也喜欢她的容貌，长得特别清俊。至于说我是不是喜欢她的人，我说不好，她太酷了，完全无法走近，难以了解，我就是仰望她而已。

我和同行友人是在4月20日傍晚进入圣塔菲的。我们的车子直接开到欧姬芙博物馆的门口。博物馆当然已经关门了。夜灯璀璨，四下无人。已经进入初夏的圣塔菲，晚上还有春天的寒意，行道树也不知是什么树，没几片叶子的光秃秃的枝条朝天伸展，还是一副冬装的模样。博物馆外墙上悬挂着巨大的海报，"新墨西哥创造的现代主义艺术"（Modernism Made in New Mexico），一个群展，领衔者当然是欧姬芙，展期是1月30日—4月30日。我们正好赶在尾巴上。我们决定就在欧姬芙博物馆附近找家酒店，明天一早开馆就过来。

天光越来越暗，在很小的圣塔菲城里边找酒店边缓慢绕行。好美的小城！清一色的圣塔菲建筑风格的房子，浅棕色的泥土外墙随着光线的逐渐消失，也渐渐沉入深棕乃至于黑色之中，美丽的带有弧形的轮廓线与天边残存的血红落日并置于眼前，相当魅惑。顺便说点题外话，这一晚，我们入住了整个环美自驾行中的最奢华的酒店（原因是晚上看上去没什么人的圣塔菲已经有了很多外来的访客，经济型酒店全部客满了，我们只好咬牙入住能找到的大套间客房）。一个套房除两间大卧室之外，还带巨大的客厅和厨房，可惜对我们来说没什么用。

圣塔菲，建于1610年，在美国算是古城了。这个位于新墨西哥州的小城，以艺术和建筑闻名。建筑方面，全城的建筑统一风格，基本上都是拷贝印第安原住民普韦布洛人的砖坯房子，清一色的浅棕色泥土外墙（现在应该不是泥土外墙，是仿泥土的涂料）。这一特色让这个小城显得相当的精致和考究。艺术方面，圣塔菲更是大名鼎鼎，它是除纽约之外最大的艺术城市，从20世纪中期开始，很多艺术家陆续来到这里定居，小城里遍布小画廊、小美术馆，以及艺术家工作室。

欧姬芙应该算是圣塔菲区域的艺术开拓者，她是1929年来到陶斯的。

欧姬芙1887年生于威斯康星州。年轻时在纽约从事绘画期间，认识了摄影家史泰格列兹，与之结婚，并成为他的模特儿。史泰格列兹拍摄了关于欧姬芙的大量照片，包括肖像、裸照和手的特写。史泰格列兹曾经在纽约举办过以欧姬芙为模特对象的摄影展，十分轰动，也因此招致当时很多保守人士的攻击。在那个年代，这种事情对于女性来说是一种非常大的困扰，但对于欧姬芙来说，完全不以为意。她天生就是一个大女人。年轻时说脱就脱，面孔和胴体都美妙傲人。到了中年之后，她把自己遮得严严实实的，只穿黑白两色，一袭长袍拖曳在后半生的岁月里。她从不化妆，盯着镜头，几乎不笑，傲慢无比。

从欧姬芙的各种照片里能感受她的傲慢，这种傲慢不仅来自思想，来自才华，来自性格，还来自天生的美貌。天赋美貌，当然可以不在乎是否美，因为足够美。

好些曾经在各种画册里看过的出自史泰格列兹之手的欧姬芙的肖像，在第二天一早进入欧姬芙博物馆后又重温了一次。

欧姬芙博物馆是个普韦布洛建筑风格的小型博物馆，就欧姬芙作品的藏品来看，在我看来好像还没有芝加哥艺术馆多。我在芝加哥艺术馆看到了她的大量作品，在华盛顿的国家美术馆和纽约的

MoMA、大都会博物馆也看到了一些，但芝加哥博物馆最多。而欧姬芙博物馆里收有欧姬芙遗留的各种物品，她的画桌、画笔、画架、调色板之类，这对于欧姬芙的仰慕者来说，也是一种安慰。当时我在现场看到这些东西，想到没有时间去陶斯她故乡的现场，心里多少还是遗憾，安慰自己说，以后找机会再去吧。可是，以后是什么时候呢？真说不清楚。

欧姬芙在长达98岁的一生中，画材分阶段地有好些个，早年的星空系列、中年住在纽约时的高楼系列，后来定居新墨西哥州后的沙漠景色系列，以及头骨系列，等等。她像很多卓有成就的画家一样，在一个阶段里通过反复地从数量和质量上丰富一个题材，待有所固定之后再加以转换，从而构成作为一个艺术家生平创作的丰富性和深厚品质。但欧姬芙跟好些画家不太一样的是，她还有一个贯穿了一生的题材，那就是她的标签：花卉。

她的花卉只有少量的普通视角，更多的花卉在她笔下是被放大了的，呈现的是一朵花甚至是一朵花的局部，以花蕊作为构图的焦点。这样的视角更像是一只蝴蝶或者说一只蜜蜂的视角，于是看出去的花，硕大无比，在感受花瓣质地非常细腻的同时有一种不可思议的广袤的感觉。如果观众不想将自己代入昆虫的角色的话，那么，欧姬芙的花卉就只能用梦境中人的视角的变形来解释了。我第一次接触欧姬芙的花卉时，感觉它们作为《格列佛游记》中的巨人国的配图很合适，观者仿佛变形为一个小小的人儿，以花为荫，得到一种柔美的安抚。这种安抚是私密的，不能也不宜讲述的。

在一般的解读中，欧姬芙花卉作品一向暗指女阴，这一点，欧姬芙本人是不同意的，但也半推半就不做更多的解释。因此，作为一个美国最为著名的现代派女画家，欧姬芙以其本人大量的裸照及其作品浓厚的性意识和女权气息出位。其实，在我的观感里，这些花卉中并没有太多女性由性出发产生的自恋情结，它们其实相当的单纯，是女性对于花朵这种天然的与自身的品质类似的对象所产生的某种通感。

曾经有一个心理学者说，欧姬芙的花卉画可作为心理治疗的视觉教材。不知道这种说法是否合适，但在我看来，她笔下的那些花卉作品，《红罂粟》《黑蜀葵与蓝燕草》《黑色鸢尾》《紫色牵牛花》《红昙》，等等，多用大块的纯色，局部写意，所描绘对象的整体轮廓被模糊甚至变形，这很有点催眠的效果。很巧的是，看欧姬芙的传记，发现她早年对心理学有着浓厚的兴趣。这一点，虽不敢断定和她的作品有什么直接的关联，但这其中某种暗合也是显而易见的。还有一个对比性质的暗合也是心理学意义上的：作品色彩绚丽强烈的欧姬芙，一辈子基本上只着黑白两色的服装。又是一个艳与寂这一高超的美学境界的范例。

虽然没有能够去陶斯，但陶斯的风景于我不算陌生。一来，欧姬芙以及新墨西哥州的艺术家画了很多的风景画，加上一些摄影作品，从视觉阅读的角度来讲，陶斯这种美国西部小镇以及周边风景，已经有了符号化的意义。再者，有一部2009年出品的欧姬芙的传记片就是在陶斯拍的，片名就叫作 *Georgia O'Keeffe*，中文译名为

《乔治亚·欧姬芙回忆录》。该片导演是鲍勃·巴拉班,他在2014年导演了颇有好评的《布达佩斯大饭店》。出演史泰格列兹的是杰瑞米·艾恩斯,出演欧姬芙的是托尼奖得主琼·艾伦。这部电影刚出来不久我就迫不及待找来看了,说实话,我挺失望的。故事结构和人物塑造都挺平庸的,琼·艾伦的表演除了尽力模仿欧姬芙外在的孤傲之外,几乎没有什么内心的东西呈现出来,而且,她还没有欧姬芙本人美。在我看来,这部片子呈现的陶斯是最为动人的。

曾经有人在我聊到欧姬芙的时候问我,欧姬芙和墨西哥女画家弗里达·卡洛曾经不是一对?我有点蒙,努力回忆我脑子里的资料:这两人倒都是传闻中的双性恋,不过,好像两人只在纽约欧姬芙的画展上见过一面,画展上弗里达对待欧姬芙非常热情,这种热情被当时的媒体形容为调情。一对?太玄乎的说法吧。

欧姬芙的孤傲是无人可以比肩的。一个证据是她隐居陶斯沙漠50年;另一个证据是她基本上不怎么读书的,也基本上不和同时代的文学艺术人士来往。据说最牛的事是她游历欧洲时,毕加索想认识一下她,被她拒绝。当然,也没见她对热情的弗里达有过什么评价。但她喜欢D. H. 劳伦斯,曾经可以说崇拜他,基本上不读书的她把他的作品读了个遍。当偶然听说劳伦斯也定居陶斯时,她相当激动,登门拜访。那是1930年。不巧当时劳伦斯夫妇出游欧洲了。欧姬芙在劳伦斯家门口逡巡良久,之后画下了她著名的作品《劳伦斯树》。这画是她在劳伦斯曾经居住的牧场,抬头仰望一棵树得到的灵感。她把这棵树命名为劳伦斯树。那幅《劳伦斯树》是仰视的角度，一棵老树虬结的枝丫以及深色的树冠，顺着粗大的枝干盘旋在目光之上，有晕眩之感，还有爱慕之意。

欧姬芙没有和劳伦斯见过面，错过了。那趟欧游，劳伦斯病逝于意大利，终年45岁。后来欧姬芙认识了捧着劳伦斯骨灰重回陶斯的劳伦斯夫人。仅仅是认识而已。

欧姬芙博物馆里，很多原作是可以拍照的。我拍下来了，而且还和好些作品合了影，留个纪念。纪念品商店里面好多衍生品我没有买，实物的证明没有要紧的，要紧的是我来过了。所谓旅行目的地，目的就在于此，到达现场，目睹原作。作品、建筑、风景，都是原作。到达了，目睹了，看似没有什么，但其实其气息已经进入身体之内，成为自身的一部分。这也是我近年来热衷旅行的一个重要原因。

那天，从博物馆出来，眼前一黑，旋即被炽烈的阳光所笼罩。圣塔菲的干爽、清冽、阳光、蓝天、建筑风格，以及街面的各种光影，通透、简洁、色彩饱和度很高。我拍了不少照片，以后可以慢慢翻看。当时我想，不知道自己以后还会不会再来。现在，在书房里写这篇文字，我想，不知道以后还会不会再去。

纳什维尔的天光有琥珀的感觉

2015年4月24日,进入田纳西州的纳什维尔,天光有琥珀的感觉,黄润。

要说纳什维尔,先得说一下田纳西。对美国各州的印象,于我来说,最曼妙的就是田纳西。这是一种由文字和旋律引发的亲近感。

谁会不熟悉《田纳西华尔兹》那首歌呢?你也许一下子想不起它的名字,但旋律一起,耳熟能详。这首歌创作于1947年,是美国乡村音乐的代表作品之一,曾经被选为田纳西州的州歌。好忧伤的歌曲,一个单纯的姑娘,在舞会上把闺密介绍给自己的男友,她很快发现,那对翩翩起舞的人已经彼此对上眼了,她偷走了他的心……

原唱是著名的帕蒂·佩姬,但对于我来说,印象最深的演唱者竟是高仓健的前妻江利智惠美,估计这跟以高仓健为领军人物的男性审美风格曾在中国风靡一时有关。那种风格,也就是今天所说的高冷,喜怒哀乐不形于色,内有火山,但表面上一定要压抑、冷漠，整死别人，也憋死自己。高仓健是一个私人生活和银幕形象高度统一的人，江利智惠美深受其害，跟高仓健12年的婚姻结束后，她一蹶不振，后因醉酒而亡，年仅45岁。高仓健离婚后也不再婚娶，对前妻缅怀不休，在1999年他主演的《铁道员》里，背景音乐用的是《田纳西华尔兹》，而江利智惠美的第一张成名专辑就叫《田纳西华尔兹》。

脑子里回想着熟悉的旋律，我们进入了纳什维尔。

纳什维尔，又是一个情结场所，乡村音乐发源地和延续至今的重镇。我是在大学的时候从约翰·丹佛开始接触美国乡村音乐，当然印象最深的就是那首 Country Road。

1997年，丹佛飞机失事去世。当时我写了一篇很动感情的文章怀念他，其中有一段这样说：

……

约翰·丹佛飞机失事丧生的消息登在初秋报纸的国际版上，短短的一条。那几天我经过好几家唱片行，里面都飘出丹佛的歌声。我站在门外裹着市声细细地听上一会儿，心情萧索难言。

渐渐地，总会有一些对我们有或者是有过意义的人，从我们身边悄悄地走开了。丹佛也走了。多少年没有人听老丹佛了？！如今人一死便大街小巷地传唱起来；不经意地走过黄昏时打烊的小铺子，那小老板边放卷帘门边心口不一地哼着什么，一听，竟是丹佛。这样的情景在邓丽君死的时候也有。当代人对一个时代人物的纪念形式来得既薄情又深情，总之图一个方便直接。对于我来说，丹佛是重要的，他的歌声像一双温暖粗糙的大手一般陪伴了我十几年。西弗吉尼亚啊，乡村路啊，妈妈！阳光、蓝天、白云，一个单纯乐观的美国佬甩着叭哒叭哒的大脚板兴冲冲地往家赶。丹佛歌声中的这一形象如同猛不丁撞一满怀似的击中了全世界人民的乡情。当他来到80年代初的中国时，迎接他的恰是我们这批急需快乐和伤感的少男少女。他感动的是整整一代人。多年前包括我在内的一拨孩子在阳光里眯缝着眼睛一起摇头晃脑没心没肺哼唱着，"Country rood, take me home……"这一切到了今天，就成了意义。

……

美国乡村音乐起于20世纪20年代的美国南部，源自多个民族以及欧洲大陆移民的民歌，配器简单，吉他、口琴、小提琴、班卓琴之类，崇尚用本嗓歌唱，内容大多是哀叹旅途的孤独、怀念家乡的美好，以及爱情的酸甜苦辣，相当单纯且亲近。1925年，纳什维尔一家电台开始专门介绍和播放乡村音乐，以此为基础逐渐扩大了这种也被称为"蓝领音乐"的音乐形式的影响，加之一大批极富才华的音乐人推波助澜，遂昌盛起来，纳什维尔也成了乡村音乐的另一个代名词。差不多一百年了，纳什维尔一直就保持着乡村音乐圣地的地位。

纳什维尔处处充满着乡村音乐的元素，密布着各种音乐酒吧，四处都是巨星们的照片和各种演出海报，公交车穿梭在街上，车身上喷着老牌乡村音乐明星们那些显然不属于现在这个时代的巨幅肖像，匆匆而过，相当穿越。

在纳什维尔的城中心，有一个必去的地方，那就是乡村音乐名人堂博物馆。

体量巨大、体型敦实的建筑外形，褐色的，显得很朴实。外墙上挂着巨幅的正在举行的各种展览的海报。我一眼先看到了鲍勃·迪伦。

没有什么比音乐更能直接触碰情感神经了。人到中年，更为强烈地感受到这一点。一首歌，一段熟悉的旋律，轻轻一碰，一瞬间就会让人茫然无措甚至泪流满面。我的同龄人，特别是在一个时间段里共同在大学校园里度过的人，音乐的背景都差不多，美国乡村音乐是我们这批人最开始接触美国文化的重要媒介，比后来的电影、文学、绘画要早几年。而听觉记忆和味觉记忆，较之视觉记忆来说，更为本能和牢固，一旦被刺激，反应效果也更为强烈，往往有一种失控的喷薄。

进入名人堂，我一下子就沉溺了，太多曾经在岁月的另一端反复聆听的歌曲，一丝一缕地将我拖了进去。

这段时间，名人堂里举行的最大展览是肯尼·罗杰斯特展，一进门就听到罗杰斯那些熟悉的歌曲，然后在歌声的陪伴下，一路观赏他那些记录生平和成就的照片、实物和演出录像。

猫王肯定是名人堂里的重头内容，他那白色的敞篷豪车也放置在里面。猫王是田纳西的骄傲，他就是田纳西人，在孟菲斯出生。

要在这个博物馆里看个究竟，得好几天吧。各种眼花缭乱。整整几面墙的金唱片，各种由礼帽、流苏、长发、大胡子、喇叭裤、高耸入云的大卷发、妖气冲天的演出服和印满了鲜红色玫瑰花的西装等各种元素组成的图片和演出录像的海洋……充溢着嬉皮士精神的癫狂辉煌的60年代，现在回头看过去，好炫、好艳、好Dirty，充满了荷尔蒙的气息。跟现在这个走性冷淡风的时代相比，那个时代肯定有趣得多。

猫王从不是我的菜，鲍勃·迪伦才是我的菜，另外我挺喜欢拉什。当我发现这个时候的特展里面居然有迪伦和拉什的联合展览时，真有一种被眷顾了的感觉。有一个演出录像，是迪伦和拉什各抱了一把吉他，合唱 *Girl from the North Country*，我坐下来仔细地从头到尾看完，湿了眼睛。音乐在我，从来就是私密的内容，他们，一直静静地在我的岁月里。

漂洋过海来看您

2015年初夏，环美自驾三人行的第十天和第十一天。那两天，从田纳西出来，我们径直往美国最南端的那根须须（成都话，根茎）的颠颠（成都话，尖儿）上开。

三人组合是这样的，艺术家何工（领队、司机、翻译），艺术家周露苗（摄影师），洁尘（财务管理、文字记录者）。4月25日一早，出发前，何工老师就摊开地图对我们说，这里就是我们这两天要赶到的地方，你们看海里面的这根须须，须须的颠颠就是目的地。他手一挥，说，再跨一脚就是古巴了。

翻开美国地图就可以看到，在美国东南角佛罗里达州南边的尽头，有一串叫作各种key的小岛，最后的那个小岛叫作基韦斯特（key west），也就是何工说的须须的颠颠。连接陆地和这一串小岛的，是一条长长的人工海堤。听何工说，开这条海堤有点考验人，海天并联、炫目的阳光下，道路延绵不绝往天边伸展，有的人开着开着就抓狂了。我问，那你呢？何工说，我？我没有问题哦，连这一趟，跑基韦斯特我跑第三趟了。

对的，对于一个三十年来在北美跑烂四辆车、跑过几十万英里的老巴顿来说，任何路况都不用担心。（说点后话：这一趟，23000公里，穿越美国三十一个州，东西两边两次进入加拿大，南边还拐进去了一下墨西哥，一路下来，十分顺当平安，车没出过问题，一张罚单也没有收到过。太平顺了，说来简直没有惊险的写作素材。）老巴顿是这一趟我给何工取的绰号。在中国当代艺术圈，何工狮子般的长卷发和野战军旅的着装风格十分突出，这一趟环美自驾，一辆雪佛兰越野车就是他的坐骑，虎虎生风，俨然是巴顿将军的气势。

25日一早出发，上65号公路，转80号公路，再接331号公路。一路朝南，出了田纳西，进入阿拉巴马，再进入临海的佛罗里达，在Destin小城停留了一下（其实不是一下。我们来此本想顺路看望一下何工的旧识史密斯夫妇，结果不巧，夫妇二人外出度假去了。但在史密斯夫妇开的仓储式古董店Smith Antiques Mall里，我和周露苗就走不动路了。太多让人眼睛发亮的老东西了。我们好言劝慰何工到车上去睡一会儿，开车太累，一定要休息好，然后我和苗苗一头扎进巨大的古董店，待带着各种小玩意儿钻出来时，已经三个小时以后了。史密斯夫妇在全球雇了两百多个Hunter，为他们搜买各种老玩意儿。何工说，这样的店，他们有好几家。）

从Destin出来，已近晚光时分。何工说，哦呵，你们买安逸了，这哈要开夜车了。98号公路转388号公路转10号公路再转75号公路，接近半夜12点的时候，入住Lakecity。坐车的人已经快散架了，开车的人依旧精神抖擞。老巴顿对两个蔫了吧唧拖着行李进汽车旅馆的女人说，明天早起赶路哈，路还远，一定要赶在黄昏之前到。

我知道路远，但没有想到这么远。

第二天，4月26日，一大早从Lakecity出发，上75号公路，再转95号公路。先朝东，再朝南，一路朝着佛罗里达的最南端狂奔。为什么要在黄昏之前到？因为要看落日。基韦斯特的海堤落日是非常有名的。

佛罗里达像一只倒放的靴子。这一天，我们从靴尖开始跑，往东跑到靴面和靴筒的连接处，然后沿着靴筒朝南边跑。天光透亮、烈日似火，空气中铺展着耀眼的白光。跟我们一个方向，好些拉风的敞篷车呼呼呼地朝着南边飙行，车上多半是个留胡子的白人老帅哥，麦色皮肤，鼻梁上架个墨镜，穿个低胸背心，胸肌和肱二头肌鼓起。副驾上坐着的，或是老美女，或是小美女，墨镜、红唇，头巾妖娆。我们刚从淳朴憨厚的美国中部走过来，佛罗里达如此这般妖风阵阵，一时间很难适应。

我对何工说，好像都往那边跑哦，基韦斯特肯定人多。何工说，嗯，基韦斯特就没有人不多的时候。

终于在落日前赶到了。夕阳等在天边，海水也被映成一片绯红。绚丽啊！

为什么一根筋地朝着基韦斯特跑呢？其他更多人是去度假吧。著名的海滨度假小城，带有浓厚的古巴风情味道。我们赶过去，是因为海明威在那儿等着呢。

很多年前,在台湾女作家成寒的《推开文学家的门》一书里,就看到了基韦斯特的海明威故居的照片。环绕房屋二楼四周的回廊,绿色的地板,黄色的百叶窗……很多年前我就想,哎,什么时候我也能去看看啊。

27日一早,我们来到了海明威的故居。我在心里很正式地对着故居大门鞠了一个躬(不好意思在形体上有所表达)。

我从十几岁开始读海明威。三十年了。他喜欢女人们叫他"爸爸"。海老爹,我漂洋过海来看您了。

海明威故居是被庭院环绕的两层楼的宅子。庭院内花草繁茂,景观紧凑,气氛幽凉。园中的一棵巨大的无花果树,据说是19世纪中期建房时种下的。还有一棵正在盛开的凤凰花树,花朵灼红。庭院内,有游泳池、各种由植物自然分割而成的小景区域,都可以小坐。主宅是两层楼,白墙和带黄色百叶窗的拱顶窗户,构成了它外观上的特点。一楼和二楼都是全环绕的回廊。一楼回廊地面是灰红相间的石砖,二楼回廊地面则是漆成绿色的地板。主宅包含起居室、餐厅、书房、主卧室、孩子的卧室、保姆房等各种用途的房间,里面的家具、摆设、墙上的油画、照片等,好些都是当年海明威和波琳亲自置办的。主宅旁边还有一个两层的原来作储存之用的小楼,叫作"马车库",海明威将这个小楼的二楼设为自己的写作间,现在这个写作间的门口安放了铁栏杆,游客只能透过铁栏杆张望这间写作间——他的写作圆桌、书柜、皇家牌打字机、猫摆件、坐垫厚软的椅子……都在原地。研究者们说，海明威在这个写作间里，创作了《午后之死》《非洲的青山》《获而一无所获》《丧钟为谁而鸣》几部长篇小说。另外，《乞力马扎罗的雪》《弗朗西斯·麦康伯短暂的幸福生活》等著名短篇，也出自这个房间。

这栋房子是1851年由一个叫作阿萨·阿提夫的船舶设计师建造而成，几经易手，1931年，海明威搬进了这栋房子。这个时候的海明威，带着著名作家的盛名，离开了巴黎，也离开了他的第一个妻子哈德莉·理查逊。他和他的第二个妻子波琳·帕弗来到基韦斯特的新家。他们在这里前前后后住了差不多十年（对于四处晃荡的海明威来说，是断断续续地在此居住了十年），这十年里，波琳生了两个儿子，帕特里克和格里高利（海明威总共有三个儿子，之前，他和哈德莉生了一个儿子叫杰克），老二和老三都是在基韦斯特出生长大的。1940年，海明威和波琳离婚，与著名的战地女记者玛瑟·盖尔荷恩结婚，之后又与玛瑟离婚，与女编辑玛丽·威尔什结婚，他们二战后移居古巴，直到1959年古巴革命爆发后才离开那里。他最后是1961年7月2日在爱达荷州凯彻姆的家中吞枪自尽的。

1951年，波琳去世。波琳去世后，海明威和玛丽时不时从古巴回到这栋房子来住住。古巴离基韦斯特实在太近，也就几十海里的路程。1961年海明威去世后，他的遗产继承人将这座房子出售给了基韦斯特当地的一个女商人伯妮斯·迪克森。1964年，主宅成为海明威博物馆，迪克森女士搬到了"马车库"，直到1968年这所房子被指定为美国国家历史地标性建筑物之后，才搬离了这个地方。现在，海明威故居的产权还在迪克森家族名下。

现在，除了工作人员和游客来往之外，定居在这个住所里的是好多"六趾猫"。它们散团在房间或庭院的各种角落，慵懒温和，任人抚摸。何工老师说，上次他来基韦斯特是冬天，看到一堆猫就在主卧室的白色大床上窝着。这些猫据说都是当年海明威养的猫的后代们，也算不清楚有多少代了。

在海明威的院子里，找了个角落坐了会儿。很热，很满足。这是很多年前就渴望造访的地方，终于，来了！这种满足感十分确定，但相当简单，还有一种遥远的缥缈感，远不如过去三十年作为海明威的读者与他的关系更为亲近和紧密。作家和读者之间的关联，前者对后者于命运和人生的渗透和影响，最终还是由文字本身所决定。作为读者，来到故居，从这个角度窥探作家的人生，只是致敬的形式罢了，单纯、赤诚、轻飘。我有时也想，他其实最后还是被打败了，被病痛、被才华的消失殆尽一去不返打败了。他最终还是被人生这个东西打败了。所有人其实都会被人生这东西给打败的。对于海明威来说，他不能不是"海明威"而活着，这个形象是由他自己以及整个世界所共同创作出来的。难道他就不能作为一个病痛缠身的衰弱的老人静静地看完这场人生吗？他觉得不能，觉得没意思。我想，如果他能的话，"海明威"的含义也许会更加丰富吧。

这几年的旅行，如果目的地有我想致敬的作家，我会事先带上一本他（她）的书。都是从我的书架上取下来的。这次，我带上了

《老人与海》。我事先查过,《老人与海》不是海明威在基韦斯特写的,但这本1987年漓江出版社的海明威作品,是我最早接触的海明威中文版作品之一,于我有相当的纪念意义。这个版本里面包括中篇小说《老人与海》和短篇小说集《尼克·亚当斯故事集》。

在海明威故居,我把这本书放置在不同的地方,起居室的柜子上、回廊地板上、写作间门口的铁栏杆上……拍下了一组照片。其中起居室的柜子上,书的上方是我最喜欢的海明威的一张照片,那时他在巴黎,是一个籍籍无名的贫穷、勤奋的青年作家。那时,荣誉和财富都还没有到来,"海明威"也还没有到来,大胡子也还没有到来,诺贝尔奖和名满世界更是没有到来,那只是一个眼神坚定清澈的叫作"厄内斯特"的男人,非常年轻,非常英俊。我更爱这个人。当我还是少女时,就是因为这张照片,我迷恋上这个人,开始阅读他的作品。

真喜欢海明威年轻时没有胡子的样子。多好看啊,英俊而富有力量,而且,一副痴情专注的样子。我看过的他没有胡子的照片不多,也许不少,但人们更喜欢他那副美髯公的模样,既像一个大师,更像一个斗士,所以出版商投众所好。

在我看来,就是在大胡子底下,他的面孔都有一种贯穿一生的孩子气,让女人动容。

还没有留胡子的海明威娶了大他七岁的哈德莉·理查逊(1921年,22岁)。她陪他度过了在巴黎穷困潦倒默默无名的日子。一切事情从他蓄须之后开始发生变化——他因《太阳照常升起》成名,离开哈德莉，娶了女记者波琳·帕弗（1927年，28岁）；《丧钟为谁而鸣》让他成为大作家，离开波琳，娶了作家玛瑟·盖尔荷恩（1940年，41岁）。这两次婚变他的胡子还不多，仅在嘴唇上面。当他真正成为一个大胡子的时候，他离开了玛瑟，娶了最后一任妻子、编辑玛丽·威尔什（1946年，47岁）。

因为太喜欢海明威面孔光洁的样子，所以，我是这样读他的年表的。

这个男人，他苍辣的智慧是用于人生大计的，用于勇气和力量，用于战争和冒险。但对于女人来说，他一直没有长大。他在年轻的时候，需要一个年长的女人来宠爱他，扶持他；待他也一点点开始年长的时候，他却抵挡不住每一次的诱惑。四次婚姻，后面三次完全是一个模式：一个让他心动的女人进入他的生活，于是，立马弃旧爱结新欢。他喜欢让女人叫他"爸爸"，其实，他一直是一个顽童。对这个顽童，女人总是宽宥他的，爱他的天真、率性、磊落和太阳神一般强度的才华，也被这一切所伤。

说海明威在男女关系上没有长大的关键是，他觉得他的背叛是因各种外界因素干扰所致，从不做自我检讨。甚至他觉得他背叛发妻是因为有坏人在使坏。在他的《不固定的圣节》里，他是这样以为的。他把这种坏人称作"引水鱼"。

《不固定的圣节》是海明威死后才出版的，写于晚年。晚年的海明威这样写他的最初的爱、依恋和温暖："等火车终于在一堆堆原木旁驶进车站时，我又见到了我的妻子，她站在铁轨边，我想我情愿死去也不愿去爱除了她任何别的人。她正在微笑，阳光照在她那被白雪和阳光晒黑的脸上，她体态美丽，她的头发在阳光下显得红中透着金黄色，那是整个冬天长成的，长得不成体统，却很美观，而邦比先生（注：海明威的长子约翰，乳名邦比）跟她站在一起，金发碧眼，矮墩墩的，两颊饱经冬季风霜，看起来像个福拉尔贝格州的好孩子。"

看到这样的文字，这样遥远的怀想，女人怎么会不爱他呢？

世界上有这样一种幸福：无论何时何地何种相遇方式，只要是他，就爱他。

在基韦斯特，在海明威故居，在这个人曾经生活过的地方，在他那张英俊的没有胡子的照片前，我一时很难辨识自己的情绪和心境，其中肯定包含伤感——他早就离开了这个世界。在我还没有来到这个世界之前，他就走了。同一时空中，我和他没有共同存在过。现在，我来到了他曾经存在的这个空间里，怎么说呢……天凉好个秋吧。

萨凡纳有一座莫瑟府

萨凡纳是一个什么样的城市呢?

它被公认为美国最美的小城之一,茂密的植被几乎将整个老城区都覆盖在丝绒般的绿荫之下,22座方正齐整的小广场和红砖外墙的欧式巨宅以及虬曲巨大的槲树,构成萨凡纳奇特的城市轮廓线。槲树们与这个接近300年历史的城市一起生长,树身上覆盖并倒垂下来的西班牙苔藓,青光如碧,沉着蕴藉。在这里,光线迷离,如果恰逢雨天,光线就更加阴郁,街道上似乎飘散着一种灰绿色的轻雾,很是鬼魅。难怪说萨凡纳有很多鬼故事流传,还有那么多关于伏都教巫术的说法,吸血鬼出入此地也合情合理。2015年4月,我到萨凡纳那天,是个小雨天,恰好就感受了这种鬼魅的气息。

这样的一个小城,一定是会被反复书写的。在《金银岛》里,弗特林船长醉死在萨凡纳,临死前,把藏宝地图交给比利·朋斯。在《飘》里,玛格丽特·米切尔把郝斯嘉的老家放在了萨凡纳,一个"斯文有礼的滨海都会","超然绝俗地站在佐治亚州海岸上,端庄、沉敛、有教养,睥睨着深入内陆300里的边城小城亚特兰大"。而说到萨凡纳是美国南方派代表作家佛兰纳里·奥康纳的故乡，想想她作品的气息，就觉得再合适不过了。

萨凡纳是一个有魔力的外景地，于是我们还在好些电影电视里看过这个城市的景貌。《阿甘正传》里那片飘荡的羽毛以及阿甘讲故事的街心花园，就取景自萨凡纳。如果要通过影像仔细观赏这座城市，克林特·伊斯特伍德导演的《午夜善恶花园》是最合适的，它讲的就是萨凡纳的故事，就在萨凡纳拍摄的。这部电影一开头，凯文·斯派西还没有出场，约翰·库萨克扮演的记者来到萨凡纳的街头，在小广场边上，与正在擦车的裘德·洛有一场意味深长的对视的戏。裘德·洛扮演的是这个故事中的一个重要角色，容貌俊美个性狂暴的男妓丹尼·汉佛斯。

我很向往萨凡纳，被其诱惑和勾引的主要原因就是《午夜善恶花园》。但不是因为同名电影，是因为原著作品。

1994年，纽约作家约翰·伯兰特出版了他的非虚构作品《午夜善恶花园》。这个约翰·伯兰特，气质雅痞，口味宽泛，文体独特，叙述精巧，是我很喜欢的一个作家，他写威尼斯的那本《天使坠落的城市》非常好看，《午夜善恶花园》更成了他的代表作。1996年，他为《午夜善恶花园》的修订版写过一篇前言，在这篇前言中，他说："萨凡纳人对古怪的行为有一种高度的容忍。他们宠着，甚至鼓励古怪的行为。萨凡纳是个封闭内向的小城，那里流言盛行。人们闲谈的主要话题自然是旁人的行为，于是，行为越奇特，闲言越有劲。因此，在萨凡纳，人们欣赏异端，哪怕仅仅因为他们能给人们带来谈资。那些行为古怪的人明白这一点，这使他们受到鼓励，更加变得怪异。"

伯兰特说，这个城市对流言有着近乎病态的迷恋。美国《图书馆杂志》评价《午夜善恶花园》："很难说这是一本什么样的书。它既是旅游见闻录，又是一个犯罪故事……连评论家也想知道，虚构从何时开始，事实在哪里结束。"

《午夜善恶花园》的中文版是2007年出版的。当时出版方寄了一本清样给我，想听听我的观感。我发现这是一部很对我口味的书，于是写了一段推荐语："约翰·伯兰特的耐心、才华和幽默感，让人感佩和愉悦，而他在体裁上的创新能力，则让人惊奇。这是一部刷新你的阅读经验的作品，它不是小说，也不是报道，只能说它就是一本书，一本神奇的书。"这段推荐语印在《午夜善恶花园》的中文版的封底上。

《午夜善恶花园》是那种读后余味缭绕的书。

余味岂止缭绕，简直需要做个了结。这本书带来的余味是如此悠长，使得我在2015年环美自驾行的行程安排上，就把萨凡纳作为一个目的地。2015年4月28日的下午，我和同行友人坐着一辆黑色的雪佛来SUV，来到萨凡纳，来到莫瑟府……

开头说了，《午夜善恶花园》是一部非虚构作品。它以小说的框架结构和叙述方式来讲述了一个真实的故事。故事发生在萨凡纳的莫瑟府。在《孤独星球》（LP）上，在关于萨凡纳的章节里，可以找到莫瑟府的地址。

莫瑟府的主人，吉姆·威廉斯，出生在佐治亚州戈登镇，父亲是个理发师，母亲在矿区当秘书，一个小地方的普通家庭出生的孩子。他的莫瑟府，被认为是美国最具贵族气质的私人府邸之一，而他本人，常常被不明究竟的客人误以为是一个世家贵胄。每每这个时候，吉姆·威廉斯就会雍容大方派头十足地告诉别人他是一个暴发的新富，还把自己的家世底细详详细细告诉别人，让听的人有点不知所措。

吉姆·威廉斯是从1950年萨凡纳城中心的古迹区的修缮挽救计划中发迹的，他本来从事古董生意，但在这个计划中嗅到了商机。他买下一些老房子，加以整修后再卖出去。这样买卖了几十栋老房子之后，媒体和各界开始赞美他为萨凡纳古屋修缮所做出的贡献，于是，社会荣誉和巨额财富一并到来。他继续他的古董生意，往返于欧洲和美国之间，运回一箱箱的油画和上等的古董家具、家饰。上流社会的许多贵妇人也不管这个人是不是暴发户了，纷纷登门求购，使得吉姆·威廉斯的气势和荷包一样鼓甸甸暴涨。

最后，他居然买下了莫瑟府。

萨凡纳有着相当数量的欧式巨宅，其中最有分量的就是莫瑟府。这栋房子的建造者是南方邦联的修·莫瑟将军，此屋始建于1860年，南北战争后，莫瑟将军因杀害两名逃兵而入狱，入狱后他卖掉了还没有建好的房子。新房主将房子竣工完成。让这个房子出名的，不是莫瑟将军，而是他的曾孙强尼·莫瑟，著名作曲家，代表作《月亮河》传唱全世界。强尼·莫瑟其实从没有在莫瑟府住过，只是成名后回萨凡纳时经常会到这里来看看。遇刺身亡的美国总统肯尼迪的遗孀、后来又嫁给船王奥纳西斯的杰奎琳曾慕名造访莫瑟府，当时开价200万美元欲购买这栋巨宅，被吉姆·威廉斯委婉但傲慢地拒绝了。

《午夜善恶花园》的核心故事就发生在莫瑟府。

1981年5月2日深夜，在莫瑟府的书房，吉姆·威廉斯和他供养的男妓丹尼·汉佛斯发生激烈冲突，双方手上都有枪，最后吉姆·威廉斯射杀了年仅21岁的丹尼·汉佛斯。此后，围绕着此案是"正当防卫"还是"蓄意谋杀"，四度开庭，反复审讯。8年后，花费了大量钱财的吉姆·威廉斯被判其行为是正当防卫，无罪结案。围绕着这个故事的，是作者约翰·伯兰特在萨凡纳差不多十年的采访、以莫瑟府每年的圣诞派对为中心的萨凡纳上流社会的各种怪人以及种种流言蜚语，之后就是《午夜善恶花园》一书高居《纽约时报》畅销书榜5年不衰，精装本热卖250万册，卖出25个国家的版权，包括中文版。再之后就是伊斯特伍德的同名电影，凯文·史派西饰演的吉姆·威廉斯，其奸猾气质与后来的《纸牌屋》中的政客已经气息相通，再就是当时初出道的裘德·洛在此片中青春美貌，艳压全片。

关于吉姆·威廉斯这个人物的结尾是结案后一年多，1990年1月的一天，59岁的吉姆·威廉斯突然倒地身亡。医生们找不到具体的死因，只好说是心脏病猝死。但另外一个说法也相当流行，说是丹尼·汉佛斯的亡灵一直没有放过吉姆·威廉斯，终于将其弄死，其证据在于，吉姆·威廉斯死去的地方，就在他的书房，就是当年丹尼·汉佛斯如果开枪打中吉姆·威廉斯的话，他应该倒下死去的地方。

那天下午，我来到了萨凡纳，来到了被誉为萨凡纳最美广场的莫特利广场，莫瑟府就坐落在广场的边上。在这个小广场的周围，除了莫瑟府这样的巨宅，还有几栋规模略小的华宅以及给人感觉相当考究的连栋屋。

我们是根据《孤独星球》（中文版）上给的"梅瑟·威廉姆斯故居"的地址输入GPS后找到莫瑟府的。这座府邸被书和电影描述呈现后，在吉姆·威廉斯死后14年，于2004年成为历史博物馆对外开放。现在游客只能看看楼下的客厅、起居室什么的，不能上楼参观，因为吉姆·威廉斯的家人依然住在这栋宅子里。吉姆·威廉斯没有结过婚，也没有子女，当年他和母亲住在一起。他还有一个姐姐。他母亲应该早就去世了，估计现在还在宅子里住的是他姐姐以及侄儿侄女什么的。

我没有能够进到莫瑟府里面去参观。到的时候刚刚下午四点，这个傲慢的博物馆果然按照其规定的闭馆时间关门了，毫不拖延。我和同行朋友在门口驻留了一会儿，其间有好几个人走过来，看看铁栅栏门，再看看闭馆时间，悻悻而去。

我其实没有什么特别的遗憾。如果花上12.5美元买张门票进去，也就只能在里面的一楼和花园里晃晃，对那些奢华的家什我并没有什么兴趣；关键在于我来到了这个场所，这个传奇、古怪、相当骇异又相当趣怪的故事的发生场所。

我们围着莫瑟府转了一圈。后院处有纪念品小商店，售卖关于莫瑟府的各种衍生品。没有什么想买的。继续围着莫瑟府逛着，抬头看，藤蔓后面，二楼的百叶窗紧闭着。吉姆·威廉斯的什么家人在里面呢？他们是他的财产和丑闻的继承者们，从而进入这个流言传奇的故事之中。

莫特利广场的确迷人。我们在萨凡纳那个下午的那段时间全部消磨在这里。在莫瑟府正门右手斜对面的一栋宅子的底楼，有一家古董店，我在里面买了两件小东西，一个小戒指和一条挂链。店主夫妇两人对我的拍照要求十分配合，欣然笑迎镜头。我之所以想拍他们，是因为他们长得太像我想象中的萨凡纳人了，欧洲范儿的白人，矜持、考究、彬彬有礼，但骨子里透着挑剔和冷漠，很像流言蜚语中的主人公。看他们的年龄，在五十岁左右，应该知道莫瑟府的故事吧，何况还是邻居。我很好奇，但还是忍住了没发问，毕竟是丑闻八卦。

既然莫瑟府四点闭馆没能进去，那我在门口驻留磨蹭什么呢？我在拍照。

我带了一本要在萨凡纳拍照的书。不是《午夜善恶花园》，行前在书架前经过它的时候，我犹豫了一下，然后决定放弃，转而取下了另外一本书。我喜欢《午夜善恶花园》，但不是那种可以向它致敬的喜欢，它像在深夜酒吧里遇到了一个能言善辩的轻浮漂亮的男人，让我开心，让我迷恋，但同时我深知我的开心和迷恋中没有敬重的成分。所以，我不能带着《午夜善恶花园》去萨凡纳，它没有这个分量。

我带的是佛兰纳里·奥康纳的长篇小说《智血》。

美国有一堆被纳入"南方哥特式小说"这一流派的作家，在美国文学史上是深度的代表，也是美国文学在世界文学史价值序列中最为有力、最为深邃和最为强劲的代表。这个名单以19世纪的爱伦·坡、霍桑等人打头，20世纪上半叶的福克纳为其中兴之主，之后，这个队伍里包括田纳西·威廉姆斯、杜鲁门·卡波特、考麦克·麦卡锡等人。这个流派中，还有两个非常引人注目的女作家，一个是卡森·麦卡勒斯，一个是弗兰纳里·奥康纳。

麦卡勒斯和奥康纳在人生轨迹上有很多相似点，她们都出生在气氛诡谲的美国南方，是同时代的人。麦卡勒斯比奥康纳大8岁，她出生于1917年，奥康纳出生于1925年。她俩去世的时间也相差不多。奥康纳1964年去世，享年39岁；麦卡勒斯1967年去世，享年50岁。她们的共同点还在于，她们都是残疾女作家，麦卡勒斯是类风湿，奥康纳是红斑狼疮，都是免疫系统的疾病，终生无治，英年早逝。

有评论说，"邪恶"的奥康纳"风格诡诞，独树一帜，对人性阴暗有着惊人的洞察，带有强烈的宗教救赎意识。故事诡谲、阴郁到令人发指，语言精准有力，常常在看似轻松幽默中抵达不测之深。"这个"不测之深"说得甚好，这是奥康纳作品的实质，就是这个不测之深让人觉得困扰和畏惧。

奥康纳的悲剧笔调是不动声色的，没有号啕，只有冷静的绝望。在奥康纳笔下，人性这口深井，让人实在是无言以对甚而毛骨悚然。但在她本人那里，看似并没有太多的不适之感，反而有一种自然且坦然的态度。我觉得这可能有生理性的原因。有些人在身临寒冷的时候，其抵御低温的能力似乎会比其他人强很多。就像有些人承受疼痛的能力也会比其他人强很多一样，在他们眼里，世界本来就是如此的灰暗且不齿，太自然不过了，所以，你要说他们自己是如何的痛不欲生，那就反而牵强附会了。

奥康纳就出生在萨凡纳，出生在被植物、古迹、酗酒、派对、自大傲慢、古怪谐趣，以及美丽如画所充实的这个南方小城。在萨凡纳的拉法叶广场附近的查尔顿街上，有一栋连栋屋，奥康纳童年时期就住在那里。现在，那里被设为奥康纳故居供人参观。我们在萨凡纳的时间不太宽裕，所以我没有去查寻奥康纳的故居，我只是在莫瑟府门口的铁栅栏上鼓捣着，把《智血》夹在上面后各种拍照。我知道，这个莫瑟府，这个吉姆·威廉斯，以及他所代表的萨凡纳上流社会，还有《午夜善恶花园》的作者约翰·伯兰特，都是奥康纳不喜欢的、会从鼻子里哼出冷气的对象。在这种想象对比中，我有一种恶作剧的快感。

亚特兰大的阴雨和飘作家

一想起亚特兰大这个城市，我的第一感觉就是火热，原因是少年时代看过的电影《乱世佳人》，白瑞德带着郝思嘉驾着马车冲出陷入火海的亚特兰大。

待我真的到了亚特兰大，却冷得够呛。4月底的天气，气温犹如成都的冬天，而且冻雨绵绵。

对于亚特兰大这个城市的感觉，我全部来自阅读，而且几乎全部来自《飘》。

有人时不时婉叹，如果玛格丽特·米切尔不是49岁那年遭遇车祸去世，那么，她可能会给大家带来更多的作品，说不定有超过《飘》的小说。但如果探究一下米切尔的生平，就会发现她其实是一个相当彻底的自传性质的作家，她把自身叛逆、暴躁、爽朗、妩媚的气质加以丰富，成就了郝思嘉这个人物。在一战中战死的初恋情人亨利少尉，显然是卫希礼的雏形，而她的前夫厄普肖狂放不羁，白瑞德的"坏"之魅力由此而来。而对她写作出版《飘》有着极大帮助的第二任丈夫约翰·马什，米切尔很可能将其服务精神和献身精神分派给了她的角色们，特别是媚兰这个人物，同时也给了白瑞德，这个男人外表散漫内里深情，从一开头读者对他的迷惑到故事的最后让人深感同情，米切尔给白瑞德安放了一根敢于担当的脊梁骨。而作为原型的前夫厄肖普，据说让米切尔十分痛苦并切齿痛恨。

米切尔1900年生于亚特兰大，从小就喜欢听外祖母给她讲述南北战争的故事。1864年冬天，亚特兰大被北方军队攻陷，整座城市陷入一片火海之中，这个场景是其外祖母亲历的，更是给她描绘得十分详尽。而她从小生活的菲茨塔拉德庄园、她父母的经历、她周围那些已经年老的同盟老兵们……这一切都充分酝酿了《飘》的内容。可以说，她人生以及写作的所有准备都是为了这部传世之作。很难想象这样的作家还能出产别的作品，其他的东西可能完全不能引发她的写作兴趣吧。

在亚特兰大那天早上，醒了后在网上查了一下，发现玛格丽特·米切尔故居就在酒店旁边不远。同行友人何工老师头天晚上在微信上的留言才看到。他问："明天要去飘作家的故居哇？远不远？一般都要十点才开门哦。"我知道何工想着赶路呢。飘作家，我念了两遍，笑。这种浪漫主义的通俗文学作品和电影作品，肯定不是何工的菜。

其实，网上关于米切尔故居的图片多的是，我也不是一定非要进去看，那就可以到门口一游，看一下外观就是了。说到底，米切尔和《飘》对我也不算很重要，在我年轻时，我也没有为其痴狂过,何况现在。看过原著《飘》,看过两次电影《乱世佳人》,曾经非常喜欢费雯丽,有点喜欢克拉克·盖博,对小说和影片中的卫希礼完全无感。

仔细想想,对于郝思嘉这个人物的喜爱,其实根本在于对费雯丽的喜爱。她是一个献身型的演员,将自己的躯壳借出,让郝思嘉这个人物入驻。有时候,一个银幕形象会完全覆盖原著人物,而原著人物又会完全覆盖创造出这个人物的作家本人。郝思嘉就是这样。对于米切尔这个作家来说,难说是幸还是不幸。

我们开车到了米切尔故居(Margaret Mitchell House),一栋都铎复兴式建筑风格的三层红砖小楼。这栋楼建造于1899年,是亚特兰大当时相当普通的家居建筑。米切尔当时和丈夫约翰·马什租住了这栋楼一楼的一套公寓(后来整栋房子被收为米切尔故居),《飘》就诞生在这栋楼这套公寓里。正在下雨,又没有开馆,四周无人,我跑到故居门口请同行女友周露苗拍了几张照片后,我们就离去了。到此一照,好歹我来过了。

离开时我隔着流淌着雨水的玻璃窗,回望了一下米切尔故居,出现在脑子里的,是费雯丽那双绿色瞳仁的眼睛,像猫眼,狡黠、孤独、悲伤、强悍。

那天是2015年4月29日。清晨起来,我其实情绪低落,毫无游览的兴致,反而觉得就坐在车上跑更加安妥。出发前我到走廊那头的门外去看一看,拉开门才发现,我们是住在半地下室那一层的。昨晚夜色中进入MOTEL,又累又困,拿了钥匙开门就进去了,完全没有考察环境。走廊门外，是一个很小的天井，一排台阶通往街面，我站在门口，看着来来往往行人的下半身，各种鞋踩在水洼中，很凄凉的样子。苗苗啜着咖啡走到我旁边，探头张望，又看了看我和她身上都穿上了薄羽绒服，说，好冷哦，再冷也没其他衣服穿了。

我说是啊。我的半个脸藏在大披肩后头。

美国文学的灵魂地带

在美国，如果在网上输一个"康科德"就去了，那你多半会傻眼了。我就是这样。

2015年我和朋友们做环美旅行，走到5月初，过了波士顿后，我们的目标是康科德的瓦尔登湖。对，就是梭罗的瓦尔登湖。我希望住在湖的附近，早晚都能看看湖景，和同行朋友商量了，一反走哪儿歇哪儿的惯例，准备在网上订酒店。一搜就出来了，看价格还不错，我就下了单。待仔细一看，哎呀，这是哪儿啊？怎么在新罕布什尔州？不是马萨诸塞州吗？仔细查了一番，赶紧取消订单。

新罕布什尔州的康科德是州府。马萨诸塞州，一般叫作麻省，麻省的康科德是波士顿附近的小镇，位于波士顿的西北郊。前面那个康科德更大，但后者，一个小镇，那才叫厉害呢，亨利·詹姆斯称它为"美国最大的小镇"。

麻省的康科德的厉害在于，一方面它有接近四百年的历史，还是独立战争爆发地，另一方面，它是美国精英文学的灵魂地带。

之所以说康科德是美国精英文学的灵魂地带，是因为有爱默生、霍桑、梭罗、奥尔科特这四个人。19世纪后半叶,以爱默生为首,康科德风云际会地形成了一股特别的气场,众多影响世界的名作在此产生,爱默生的《论文集》、梭罗的《瓦尔登湖》、霍桑的《红字》,以及奥尔科特的自传体小说《小妇人》,都诞生在这里,并且是同一个时期。精英聚汇之地总是会产生一种特别的气场,可以说,康科德的气息与在波士顿的爱伦·坡以及同为麻省人的狄金森遥相呼应,而惠特曼和麦尔维尔都曾造访且在康科德驻足过。

向晚时分,我们进入康科德镇,径直开到爱默生的"牧师老宅"(THE OLD MANSE)前。这栋房子是爱默生的祖父于1770年建造的,爱默生曾在这栋房子里写了著名的《论自然》,1842—1845年,霍桑和妻子索菲亚在这栋房子里住了三年,其间完成短篇小说集《古宅青苔》(*Mosses from an Old Manse*)。霍桑离开后,爱默生家族成员在这栋房子一直居住到1939年,然后此宅成了供人参观的胜迹。

天色悄悄地暗着,四周无人,草坪和周围的冷杉林透着清冷的味道。这就对了,我在阅读印象中的新英格拉气息就应该是这样的,这是一种清教徒气质。老宅已经关闭,我趴在一楼窗户上往里看,桌椅都十分简朴,一个鲜艳的花瓶成为房间的亮点。

关门也没什么。这是这一路第三次吃闭门羹了,先是萨凡纳的梅根博物馆,再是亚特兰大的玛格丽特·米切尔故居,再就是爱默生老宅了。一点也不觉得沮丧。这就是所谓的遇,遇之是幸,不遇也是幸,各有各的好处。在所谓随遇而安这个问题上,我还是有点修为了。

关键就是几乎没有人。到达美国新英格兰地区的文学灵魂地带,从少年时代开始接触的这些人以及他们的作品,现在以空寂无人的方式,以一栋实实在在的老房子,以曾经在这栋房子里有刻苦的书写这一事实,穿过书本,推到我的面前。

两英里外,就是瓦尔登湖,夕阳中我们到达这里。湖边仅有一个老人和几个孩子,老人在甩抛着巨大的肥皂泡,逗得几个孩子十分开心。我从背包里拿出早年徐迟译的人民文学版的《瓦尔登湖》,这本书已经非常旧了,被我经常摩挲翻阅,已经二十多年了。我举着书,让同行友人给我咔咔地拍照留影。

孩子们回家了,老人正在收拾肥皂泡行头,也准备回家。我跑过去对他说,再玩一次,好吗?老人笑了,说,好,最后一次。然后重新拉开绳子,揭开桶盖,为我们甩抛起来。巨大的肥皂泡映着湖光和晚霞。

我原来以为,对瓦尔登湖的向往,就是人生的一个肥皂泡,仅存在于臆想之中。现在,我抓住了这个泡泡,它真的就在我的手里。

这种相遇实在是太完美了。

我会描述一下瓦尔登湖吗?我当然不会这么做,这是梭罗的湖,他为它写了一本书呢,在此,引用就是尊重,"……瓦尔登的风景是卑微的,虽然很美,却并不是宏伟的,不常去游玩的人,不住在它岸边的人未必能被它吸引住;但是这一个湖以深邃和清澈著称,值得给予突出的描写。这是一个明亮的深绿色的湖,半英里长,圆周约一英里又四分之三,面积约六十一英亩半;它是松树和橡树林中央的岁月悠久的老湖,除了雨和蒸发之外,还没有别的来龙去脉可寻。四周的山峰突然地从水上升起,到四十至八十英尺的高度,但在东南面高到一百英尺,而东边更高到一百五十英尺,其距离湖岸,不过四分之一英里及三分之一英里。山上全部都是森林……"

梭罗说:"时间只是我垂钓的溪。我喝溪水,喝水时候我看到它那沙底,它多么浅啊。汩汩的流水逝去了,可是永恒留了下来。我愿饮得更深。"

这些年来,我写过好些涉及梭罗的文字。

很多年前写过一篇《浆果处处》,"……在我的阅读感觉里,文字里的'浆果'似乎代表着一种概念,一种孤独而芬芳的远方的生活,它代表着野外、跋涉、体力和心灵的艰难付出,以及高度融合、背离物欲、放眼自然、专注内心等一系列内容。它似乎是某种修行的代言物。不用说,这种印象首先是长期以来反复阅读梭罗带给我的。这些年来,我逐渐发现,读梭罗越多越久,一方面离他越远——因为他之人的不可学和他之生活的不可复制;另一方面,其实也可以离他越来越近,或者说,可以努力地靠近他,可以努力地在内心筑造愿景。……外在的一切其实并不重要,如果能掌握自己的内心。如果外在的一切能离开,那就说明可以随时返回。如果能离开人群，那就能真正地享受人群；如果能离开钱，那就能真正地享受钱带来的好处；如果能离开名声，名声就是一种美好；如果能离开爱情，爱情就是一种幸福。……这个世界，专注于个人内心的成长和强大是一件非常艰难的事情，甚至，这种专注和生活的面貌是完全相反的。巨大而猛烈的生活像海潮一样涌过来，那些为内心成长所做的努力，那些决心，有的时候就像砂器一般被冲毁掉了。又要重建，又要劳作，如果还想再看到它们。但无论如何，我们还是得重建，还是得劳作，要不然，生活是无法忍受的。……"

站在瓦尔登湖畔的晚光里，我想起多年前写下的这些文字。它们是对的，我现在依然这么认为。

这里是麦克道维尔

2015初夏的自驾环美旅行,是我和艺术家何工、周露苗一起进行的。我们这一趟有几个预定的造访地,那是何工90年代在美国待过的几个驻留艺术营地。

事先我看行程安排时,看到了有新罕布什尔州Peterbrouph小镇的麦克道维尔艺术营,十分惊奇,转而无比羡慕:呀,何工居然在这个地方驻留过!

这个文艺营由麦克道维尔夫人于1907年创立,为的是纪念她的丈夫——爱德华·亚历山大·麦克道维尔。

麦克道维尔被誉为19世纪最重要的美国作曲家,其作品旋律优美,富于描绘性,钢琴小品尤其受人欢迎。1877年,麦克道维尔到欧洲求学,进入巴黎音乐学院,后来又到法兰克福继续深造。在欧洲期间,麦克道维尔结识了李斯特,并从其短暂学习。1888年,麦克道维尔返回美国,定居波士顿,次年发表第二钢琴协奏曲,大获好评,开启了之后的一系列成功。1906年,麦克道维尔遭遇车祸,导致脑部受损;1907年,麦克道维尔夫人创立了文艺营;1908年,麦克道维尔在纽约去世。

一百多年来，麦克道维尔文艺营早已成为美国重要的文艺基地，每年吸引大量的艺术家、诗人、作家来此驻留创作。

1996年，中国艺术家何工的申请被接受，来到麦克道维尔文艺营，驻留了十个星期。在文艺营办公室，工作人员在电脑里找到了何工的资料，那个时候的何工，一头剃得清清爽爽的短发。在艺术营的办公室，我把现在长发虬曲的何工跟电脑里那个二十年前短发板寸的何工放在一个画面里拍了一张照片。就我对何工的了解，二十年这头和那头的"两"个人几乎没有什么变化，最关键的是骨子里没有什么改变，依然经常孤独，时而愤怒，并陶然于带有孩子气色彩的自娱自乐之中。

当初我看到麦克道维尔文艺营这个预定行程时为什么会有点激动？除了何工，还有张爱玲。

1956年2月，到了美国几个月后的张爱玲已经感受到生存不易，她向著名的麦克道维尔文艺营递交了申请书。申请被接受，一个月后，张爱玲来到了麦克道维尔。这里，是张爱玲初到美国后第一个可以安心落脚写作的地方，并且，她就是在这里遇到了她的丈夫赖雅。假设张爱玲没有在这里遇到赖雅，以她只能写字卖文的生存条件，估计还得辗转几个艺术营吧。

但反过来说，如果没有遇到赖雅，张爱玲一个人也许会去学会并掌握一些基本的谋生本领，闲暇写作，这种状况也许并不比跟赖雅在一起更艰辛。作为曾经的"好莱坞才子"，遇到张爱玲的赖雅，不论是才华还是身体，已经在走下坡路了。他曾经风光轻狂，曾经灯红酒绿，品尝过挥霍的滋味，但他真是幸运，在进入老年往下坠落的时候，张爱玲接住了他。婚后不久，赖雅就中风了，张爱玲之后就在伺候丈夫和挣钱养家之中辗转辛劳。我记得有一个细节是张爱玲60年代到香港为邵氏公司写电影剧本，写到眼睛出血。这段婚姻，于赖雅来说是幸；于张爱玲来说，难说是幸还是不幸。

在麦克道维尔的办公中心，我询问有没有张爱玲的资料，他们帮着在电脑里找了一下，未果。张爱玲来此驻留时还没有电脑这东西，估计文件资料还是有的。我告诉工作人员，张爱玲是中国最著名的作家之一，他开头没有什么反应，应该是不知道，但后来他突然想起了，说上个月有个台湾的摄制组过来拍麦克道维尔，好像就是因为一个女作家，那应该就是为了她。

可能是因为位于山间小镇，五月初的麦克道维尔艺术营，在灿烂的阳光中还是有一点微寒的暮春气息。离开办公中心，我四处转着看。跟其他的艺术营没有什么区别，掩映在一丛丛树背后的是一栋一栋的小房子，彼此有着足够的距离，完全不受干扰。不知道有多少艺术家此刻正在这些小房子里面工作。我当然不会走近去窥视去冒犯他们。刚才我在办公中心的厨房里，看到两个工作人员正在往十几个竹篮子里放午饭，三明治、色拉、水果、咖啡……待准备好后他们会把午饭一份一份地送到艺术家的门口。我问，晚饭呢？工作人员回答说，晚饭不送的，他们自己到中心的餐厅来吃饭，然后大家聊聊天什么的。

离开麦克道维尔艺术营的时候，我问了一下驻留申请的情况，看样子我有资格申请。倒回去二十年，我一定会申请的。现在，我知道，我不会来的，就做个到此一游的游客吧。人生之悲哀的很大一个方面，就是不再好奇，因而也不再勇敢，而且知道自己能适应什么不能适应什么。我已经是一个中年人了，现实的格局和自身的弹性都太有限了，麻烦的是我心知肚明。多讨厌的心知肚明啊。

伍德斯托克：孤悬的味道

有好些地方，在想象中，如果你抵达那里，会是怎样的一番心潮澎湃。如果澎湃没有达到想象的那种强度就是一种过失，而完全不能饶恕的是——心如止水。

但事实上就是——心如止水。我说的是我到达伍德斯托克的情形。

关于1969年惊世骇俗的伍德斯托克音乐节，迈克·德维勒有一部三个多小时的纪录片 Woodstock，记录了这场持续两天的音乐节从前期准备到最后的现场清理的全过程。这部片子获得了1971年奥斯卡最佳纪录长片奖。2009年，李安拍摄了剧情片《制造伍德斯托克》(Taking Woodstock)，从他的角度把这个事情又讲述了一遍。温文尔雅、内敛安静的东方知识分子李安，内心里住着一头细嗅蔷薇的猛虎，他安抚它，驯养它，但有些时候，他也放它出来蹦跶一圈，比如《卧虎藏龙》，比如《少年派的奇幻漂流》，还比如《制造伍德斯托克》。李安的创作过程，其实就是呈现他与他内心的猛虎如何共处的过程。

有些人，我就是喜欢，而我一旦喜欢，就会在很长时间内一直喜欢下去。对我喜欢的人，我会从根本上放弃客观，没有评论道德上因偏颇所造成的不安。李安于我是大神，对他的作品，我都尽自己最大可能地在内心点个赞。造访伍德斯托克，动因是李安的这部电影，并不是因为这个事件的本身。其实，我也不是为了这部电影，因为它在李安的电影里并不是我很喜欢的。我只是因为李安。

我们一行三人，造访伍德斯托克的动因各不相同，艺术家何工是因为嬉皮士，似乎嬉皮士的一切都会触动他的某根神经，他在精神源头上与嬉皮士的勾连和共鸣太多了。艺术家周露苗是因为音乐，有着相当的音乐素养的她，对各种带有异质色彩的音乐都相当有兴趣。

其实，到底是什么驱使何工、周露苗和我一起到达伍德斯托克？我也不清楚。都是我的揣测，就跟他们也不知道那个时候我是因为李安，以及隐忍着的对李安的幽怨之气——为什么要选这个题材来拍，明显拍不好嘛，果然也拍得不够好。李安最拿手最动人的表达就是欲言又止，放到这个赤膊相见的作品里，他心里那头猛虎反而萎了。

伍德斯托克是1969年那场音乐会原本打算的举行场所，后来也以此命名，但实际举行场所是附近一个叫作亚斯格的农场。主办方打算吸引5万人参与音乐会，但拥入的年轻人实际上有40多万人。这场音乐会之所以成为文化史上的一次重大事件，还不在于当时参加的乐队和歌手都是顶尖级别的，他们已经不再重要，主角成了那40多万的年轻人。这个周末，在连续两天的大暴雨中，这些年轻人井然有序，毫无冲突，在满地泥泞之中裸体、嗑药、当众性交，自我导演了一幅群体的伊甸园的图画，用"要做爱，不作战"的意念，强烈反对正在进行中的越南战争。

1970年，第三届英国怀特岛音乐节汇集了超过60万的年轻人，这不能不说是因为伍德斯托克音乐节的影响。这届怀特音乐节终于失控，爱好音乐的年轻人好些成了纵火犯，怀特岛到处都是被点燃的汽车和货摊，幸亏还是在雨天里。主办方吓坏了，立马将音乐节给停办了。这届音乐节给弄得个声名狼藉，比起伍德斯托克音乐节来说，这是一次效颦之举。

25年后，伍德斯托克音乐节重新举办了一次，怀特岛音乐节在停办多年后也重新开始运营，但都已经式微了。所谓绝唱，就是绝唱，不会重复。

2015年5月6日，我们来到纽约州赫德逊河边的伍德斯托克镇。就是一个普通的美国乡间小镇，不同于别处的是，镇上有不少的音乐元素，特别是商店，各种摇滚名人头像的海报、T恤挂得满坑满谷。

在街上遇到一个挂着吉他自弹自唱的姑娘，聊了几句。一个有歌手梦的女孩，就住在伍德斯托克附近，没事到镇上来唱歌，也许希望在此遇到星探吧。

没啥可逛的，我们一行三人散开各自瞎逛。镇子很小。我在街沿上坐下，抽一支烟。晚霞灼灼，街道上泛着金光。朝左看，街那头的何工正在一棵树下注视着自己的手指头；朝右看，周露苗绕过一辆自行车后蹲下，可能在系鞋带。我慢慢抽着烟，心想，今晚上吃什么好呢？

有些标志性的地方，似乎没有今天，也没有明天，就只有昨天。伍德斯托克小镇就是这样的一个地方。来到这里，眼前的一切都是因为昨天的那场盛会而存在的，往日的光芒虽然已经逐渐稀薄，但还是足以笼罩现实的平淡。我看过好些当年的现场照片，那些海量的青春胴体，很美很震撼。身处伍德斯托克，除了知道这曾是现场，其他的完全无法在头脑里做链接。它跟过去似乎没有什么关系，在这里曾经发生过的事情，无论是空间还是时间，仿佛孤悬在历史之中。

其实，我真还有点喜欢这种孤悬的味道，不能复制，永不再来。

城市之光

圣佛朗西斯科，在中国城和意大利区之间，有一条哥伦布大街，这条大街的261号，就是"垮掉的一代"的大本营，著名的"城市之光"书店。在LP里，当然会有它的地址，我们在GPS里输入详细地址后，在一声声尽量压抑住的惊讶叫声中，经过了著名的"九曲花街"，一路就找了过去。

在到达"城市之光"之前，先让我按一个暂停，暂停在"九曲花街"上。我实在不能略过这里不表，因为我至少为它"啊"了七八声。

很多人都说，到了圣佛朗西斯科就不敢开车了。到了圣佛朗西斯科，看到那些齐着眼睛扑面而来的街道，就明白了，怎么会有这么陡的街啊?！感觉开到中间就会倒着溜下去。重庆，也就是何工的故乡，是一个山城，街道也修得个爬坡上坎的，但那些坡坎，比起圣佛朗西斯科，就是小巫了。何工给我们说，前两年他和几个中国艺术家在美国旅行，租了个面包车，可能是因为车后面的行李太多太重了，在圣佛朗西斯科的上坡街道上开得车头翘起来了，一车子人吓惨了。待车头重回地面后,有个女孩儿怎么都不肯上车了。

对于我和苗苗来说,圣佛朗西斯科街道给我们的震撼更没有缓冲余地,一上来居然就是九曲花街(Lombard street)。

九曲花街是世界上最弯曲陡峭的街道。这条街道修建于20世纪20年代,在朗巴街和利文街之间,距离很短,但有40度的斜坡,为防止车子一路冲下去造成交通事故,以花坛为隔断,修了八个急转弯,车子在此盘旋扭动着向下单行。

九曲花街是中国人的叫法,都很实事求是。这里的花街不是风云场所,而是花坛遍植花木,主要有绣球、玫瑰,还有菊花,加上街道两边的居民每家每户都在门口种了大量的花,一年四季花开不败,远远望去,就像一幅斜挂在城市里的织锦。

关于花街的花的品种,那是我在查资料时了解到的。我们是晚上经过九曲花街的,在某种突如其来的错愕中,在车灯打出去的光束里,看到了好多玫瑰。我当时有一个想法,虽说这里限速5英里,但架不住总有违规的人,还有可能遇到个把醉驾,一油门轰上去,加上方向盘没把住,那就可能直接冲进路边人家。住在这个地方,真需要一点勇气啊。

"城市之光"书店是一栋两层楼的建筑,在街面上占了一个"V"字,右边那一划在哥伦布大街上,左边那一划伸展在小巷里。我们是在晚上到访的。后来我查资料,看到各种照片,才发现这座建筑的外墙居然是粉红色的。

这个书店布置得满坑满谷,密集的书架和密集的海报和照片,墙面上没有一点空隙，各种故事占满，要仔细观看，得花很长的时间。而这些故事，几乎都跟"垮掉的一代"有关。

书店的创始人是生于美国长于法国的劳伦斯·佛林格提（Lawerence Ferlinghetti）。佛林格提是美国著名的政治诗人和画家，特别喜欢在书店、咖啡馆等公众场合朗读诗歌，1953年，他借用卓别林的电影《城市之光》的片名，在圣佛朗西斯科开办了这家书店。因气味相投，很快，城市之光书店就汇集一批青年作家和文学爱好者，其中有杰克·凯鲁亚克、艾伦·金斯伯格、肯尼斯·雷克斯罗思、盖瑞·斯耐德等。这一群人以城市之光为据点经常聚会，进而引发了日后颇有影响力的"避世运动"（Beat Movement），也有译成"敲打运动"。这个运动的主题为提倡与传统的社会决裂和个人解放。避世运动至60年代开始转化为大规模的嬉皮运动（Hippie Movement），希望通过酒精、药物、摇滚、性、东方神秘主义等来解放心灵、追求自我。在这个开端及转化过程中，凯鲁亚克的《在路上》成为代表作品。这部小说描述了两个青年人在美国东西海岸之间游荡晃悠的种种故事，也因此成为"避世者"们的生活写真。对于中国读者来说，相比"避世运动"，另一个称谓更为熟悉，"垮掉的一代"。此说出自凯鲁亚克的另一部作品的标题，剧本《垮掉的一代》，这部剧作从气质到风格都与《在路上》联系紧密且相互照应。

"避世者"这一批作家，就在"城市之光"书店，他们经常在爵士乐的配乐中对着读者朗诵他们的作品。而此时，佛林提格也已经开始介入出版，专门出版非主流的边缘化色彩的作品，并让"城

"市之光"成为全美首家平装书专卖店。对于凯鲁亚克和金斯伯格这批"垮掉派"作家来说,"城市之光"也就成为他们最为重要的发表场所和发表渠道。迄今为止,书店里还设有他们作品的专区,Beat Section。

让"城市之光"真正名声大噪的是1956年出版金斯伯格的叙事诗《嚎》。这部诗集的内容除了抗议二战之后人类主流社会的倾向、强调追求个性解放之外,还包括同性恋、吸毒等内容。诗集出版后,佛林提格被捕,罪名是出版、贩卖猥亵书籍。经过漫长的审判过程,最终佛林提格无罪获释。从此之后,"城市之光"书店成为艺术自由的圣地,引来全世界的崇拜者纷纷前来朝拜。

1988年,圣佛朗西斯科市政府以曾经在圣佛朗西斯科居留的十二位杰出作家和艺术家的名字,为市区内十三条街道重新命名,其中有佛林提格街、杰克·伦敦街、马克·吐温街、杰克·凯鲁亚克街……其中最有名的就是紧挨着"城市之光"的凯鲁亚克街。

入夜了,但离深夜还很有一段时间。书店离打烊也还早。从并不宽敞且顾客不少的书店里出来,我晃到"V"的尖尖上,回头一看,摁下快门。

小巷里,几个男人在商量什么。我想他们是准备转场商量下一台到哪儿喝吧。一条小狗不知是路过还是他们自己的。一个男人注意到我的镜头,抬头看我。

我喜欢这种光线,冷光和暖光杂糅在一起。夜色中的圣佛朗西斯科有一种被文学加了光晕的味道,何况我站在"城市之光"书店前。